伊勢物語　その遊戯性

荻原　晃之

目次

一　伊勢物語の物名歌について……5
二　伊勢物語の折句と増補について……49
三　伊勢物語と地名　その遊戯性……67
四　伊勢物語の掛詞について……135
五　伊勢物語　その老いと笑い……167

一　伊勢物語の物名歌について

（1）

この小論では、伊勢物語の物名歌を解明し、この歌物語の特質を明らかにしていきたい。又、同じ歌物語の大和物語、平中物語もあわせ考察してみたい。

物名歌は、古今集巻第十「物名」の部があり、四十七首が採られている。「物名」とは「もののな」「ブツメイ・ブツミョウ」と読み、歌の中に、動物や植物名、地名などを隠して詠む技法である。この物名歌は、万葉集にも見られるが、古今集では、より自然に、より巧みになってきており、平安時代初期に一種の言語遊戯として、盛んに行われるようになった。

古今集の一例を挙げる。

うぐひす　　藤原敏行朝臣

心から花のしづくにそほぢつつ
憂くひずとのみ鳥のなくらむ

（訳）

うぐいすは、好きで花のしずくに濡れていながら「いやだ、乾かない」と鳴いているようだ。

この歌の四句に「うぐひす」が隠されている。なお、古今集は物名歌のうちに、折句歌二首を含め、物名と折句とを区別していないが、しだいに折句が分離して扱われるようになった。この小論では、初めに物名、次に折句と分けて論じることとしたい。

（2）

伊勢物語の物名歌は8首ある。

1　三段　ひしきも（四句、ひじき藻）
2　五段　ひとしれぬ（一句、濡れし訪ひ）
3　二十段　なかるらし（五句、知らるかな）
4　五十二段　わびしき（五句、雉）
5　九十八段　ときしも（四句、雉）
6　百三段　なりまさる哉（五句、なかるさま）
7　百十五段　をきのゐて（一句、おきの井堤《いで》）
8　百十九段　ものを（五句、裳の緒）

（物語本文は、『伊勢物語全評釈』竹岡正夫氏著による。但し、筆者の判断でひらがなや漢字に改めた箇所がある。）

以上、8首のうち、掛詞によるもの、1、5、7、8と4首、逆に読ませるものが4首となる。又、1、4、5、7は、前後の文（地の文）によって、隠題を見い出すのは容易である。古今集なども詞書によって、すぐ判断できる。それでは、物語化した時は、いかに巧妙に隠したところで妙味がない。私は伊勢物語の作者は、分かるか、分からないかの微妙な所で、聞き手、読者に問いかけていると思うのである。
では、残る歌を順に検討していく。

2　五段について

男が五条に住んでいた女の所へ、忍んで通っていた。門から入るのではなく、内緒の仲なので、童が踏みあけた築地のくずれた所から通うのであった。ところが、たび重なるうちに、その家の主人に知られ、夜ごとに番人を置き守らせたので、男は女に逢えなくなってしまった。そこで、この歌を詠む。

人知れぬ我が通ひ路の関守は
　よひよひごとにうちも寝ななむ

（訳）
人の知らない私の通う道の番人は、毎晩、毎晩ぐっすり寝込んでくれよ。

この歌は、古今集にも業平作として、同様な長い詞書がある。先の訳で「人の知らない」としたが、どうも落ち着かない。主人が知ったから番人を置いたのであり、「人に知られぬ」の略した形との説もある（『伊勢物語新釈』）。もし、人に知られてしまったのを意にするならば「人知れる」とすればいいのであって、この「人知れぬ」と前文（地の文）には、齟齬があると見るべきなのである。勿論、作者は承知している。ここは、築地のくずれから侵入するのでは、大変な難行（?）、夜露にも濡れたことであろうとの、作者のユーモアであると解したい。とすれば、「人知らぬ、人知れる、人に知られぬ」ではなく、「ひとしれぬ」でなければならなかったのである。この五段は、歌の調子も軽く、後文の「あるじゆるしてけり。」も歌にうまく呼応していると思われる。

3　二十段について

男が、大和の女の家からの帰り道、次の歌を詠んで、女に届けた。

君がため手折れる枝は春ながら
　かくこそ秋の紅葉しにけれ

（訳）

あなたのために、手折った楓の枝は、春だというのに、このように秋の紅葉になっています。（私の熱き心そのものです。）

これに対し、女の返歌は、男が京に着いてから届いた。女の歌、

いつの間にうつろふ色のつきぬらん
　君が里には春なかるらし

（訳）

いつの間に葉の色が変わったのでしょう。あなたの里には春はないのですね。（もう私に飽きがきたのですね）

この女の歌、五句に「なかるらし」があり逆から読めば「知らる哉」となり、男の歌に対する反撃となっている。「あなたの心には春はなく、あきだけだと分かりました」の意で、返歌が遅れたのは、「君が里」を響かせるばかりでなく、熟慮の結果なのであろう。

6　百三段について

大層まじめな男が、深草の帝に仕えていた。ところが、どうまちがったのか親王たちが召し使っていた女と契ってしまい、さて、男の歌、

寝ぬる夜の夢をはかなみまどろめば
いやはかなにもなりまさるかな

(訳)

あなたと共寝した夜のことが、夢のようにかすんで来て、うとうとしますと、ますます消え去ってしまいそうです。

この後に、次の地の文が続く。

となんよみてやりける。さるうたのきたなげさよ。

(訳)

このように詠んで女に贈った。その歌のきたならしいことよ。

この歌は、古今集に業平作、詞書は「人に逢ひて、朝によみて遣はしける」とある。古今集によれば、これは業平のきぬぎぬの歌であり、特に「きたなげさ」を強調するような

所はなさそうである。「きたなげさ」については、いやらしい、だらしがない、未練たらしいと、さまざまな解がなされており、どう解釈しても、ほめ言葉ではないから、業平自身の卑下したものであろうとの説もある。しかし、物語の本文を読むと、業平とは違う人間像が浮かんでくる。

本文「むかし、おとこ有りけり。いとまめに、じちようにて、あだなる心なかりけり。」と紹介され、「まじめ」が三回繰り返されている。非常に誠実な男という言い方である。それが男女の仲は不思議なもので、まちがいを起こしてしまったという設定になっている。さて、それでは、この歌のどこがきたなげなのか。歌中の「はかなみ」と「はかなにも」が畳語であり、五句を逆に読み、「なかるさま」と、同じような意味が三つ重なる。作者は、このことを発見し、業平とは別のタイプの人物や場面設定を行ったのではないかと思うのである。

8　百十九段について

この章段は短いので全体を掲げる。

本文、むかし、女の、あだなるおとこの、かたみとてをきたる物どもを見て、

かたみこそ今はあたなれ　これなくは
わするゝ時もあらましものを

（訳）

昔、女が、浮気な男が形見といって残していった品々を見て、

形見こそ今は邪魔なものだ。こんなものがなければ、男を忘れる時もあろうに。

この歌は、折句にもなっており、各句の末を順に読むと「それはもを」となる。又、五句には「ものを」がある。物名、折句を持つ高度な技巧を駆使した歌である。作者(語り手)は読者(聞き手)に問いかける。「さて、この形見とは何でしょうか。正解は「裳の緒」である。裳と緒でもよい。この緒で二人はまだ繋がっているのであろう。

この歌は、古今集巻第十四の巻末に置かれ、「題しらず　読人しらず」の歌である。ところが、この歌の前に置かれた歌が、

(詞書)

親のまもりける人の女にいと忍びに逢ひて、ものら言ひける間に、「親の呼ぶ」と言ひければ急ぎ帰るとて裳をなむ脱ぎ置きて入りにける。

そののち裳を返すとてよめる　　　　おきかぜ

(歌)

逢ふまでの形見とてこそ留めけめ
　涙に浮ぶもくづなりけり

形見の「裳」を返す歌である。

このことから、次の想定が導かれるであろう。伊勢物語の作者は、古今集の二つの歌を知り、巻末の「題しらず　読人知らず」の歌の方だけ、前文を付加して利用した。古今集が先か、伊勢物語が先か、難しい問題だが、古今集が先だと確実視されている章段がある。それは、二十五段で、古今集巻第十三に、業平と小町の並んで採られている二つの歌に、地の文を付加

して創作されたとされる。この百十九段についても、同じ成立事情が認められるのではなかろうか。

古今集のこの読人知らずの歌は、「題知らず」とあるから、この歌独自では、作歌者が男か女か、この形見が何なのかは判明しない。この歌を、古今集の撰者が、例えば業平歌集や原伊勢物語等から取り込んだとは考えにくい。もし、これらから採録したのなら、その詞書を反映した方が効果的であったろう。古今集のこの一つ前の「藤原興風」の歌には、長い詞書がついている。

この歌は巻十四の巻末にあり、配置の妙がある。次の巻十五は失恋の歌へと続く。伊勢物語の作者は、この歌の五句に物名「ものを」があることを知り、しかも折句「それはもを」を発見し、それにふさわしい場面設定し、物語化したのであろう。伊勢物語の作者が、古今集から、二十五段を創作したように、この段にも同様の成立過程が認められるであろう。

（3）

次に、大和物語と平中物語を検討したい。これらは伊勢物語と同じ歌物語で、ほぼ同時期の成立、又はやや遅く成立したとされている。さて、大和物語の物名は13首ある。

1　二段　たびね（二句、日根《ひね》）
2　十段　見つつ（二句、堤《つつみ》）
3　五十八段○見てしかなとりのみゆけば（三句、四句、名取の御湯）

4　七十段　◯などすなどりの見ゆる（四句、五句、名取の御湯）
5　百四十四段◯なみだをふさに（四句、小総《をふさ》）安達の山ももろともに（二句、三句、山桃）
　　◯身のわびしさ（四句、箕輪）
　　◯ゆきかひぢ（二句、甲斐路）
6　百四十六段　あさみどりかひある（一句、二句、鳥飼）
7　百六十一段　ひじきも（伊勢物語三段と同じ）
8　百六十四段　わびしき（伊勢物語五十二段と同じ）
9　百六十七段　いなやきじ（一句、雉）かりごろも（三句、雁）憂きかもぞ（五句、鴨）
10　百六十八段　うしみつ（二句、牛、巳）ねぞ（五句、子《ね》）
（物語本文は、日本古典文学全集『大和物語』高橋正治氏校注による）

以上、13首である。大和物語は伊勢物語を取り入れている章段があり、両者共通の歌が二つある。

両者を比較してみると、物名歌数は、8と13首だが、それぞれの歌の総数が違い、物名歌の占める割合は、両者とも約四％でさほど差はない。しかし、大きな違いがあると思われるのは、大和物語の隠題の分かり易いことである。伊勢物語のように隠題を見い出すのが困難という歌はないと言ってもいいだろう。両者の文章を比べると、伊勢物語の作者は、十分には書き込まず、微妙な言いまわしで、聞き手、読者への挑戦がある。いわば、作者は簡潔な表現を装って、花を隠している。分かる人は分かるだろうという態度である。一方、大和物語の作者は、語り尽くそうとする意欲が感じられ、読者の介入を許さぬ自己完結型と言えよう。例えば伊勢物語二十三段、大和物語百四十九段では、同じ題材が扱われ、伊勢物語の「大和の女」に関する描写は、あっさりしている。ところが、大和物語の描写には、書かずにはおくものかの執念が感じられる。この作者は読者へのサービス精神が旺盛なのである。百四十八段などは、作者の気配りがほどよく行き届いた珠玉の作品と言えよう。伊勢物語の章段の文末に、増補されたと見られる部分が多く見られるのは、伊勢物語の文章の持つ宿命と言えるのではなかろうか。何か加えたくなる文章なのである。

物名の最後に、平中物語を取りあげる。

平中物語の物名は5首

1　一段　たつた川（二句、蔦）

2　九段○まさぐら（一句、桜）

　○まさぐら（四句、桜）

　○別れだにかく（二句、たにかく）

3　二十九段　心づきなく（四句、月なく）

（物語本文は、日本古典文学全集『平中物語』清水好子氏校注による）

平中物語の物名はやや少ないと言えるだろう。総歌数に占める物名歌の割合は約三%である。

（4）

伊勢物語の折句について検討したい。

言語遊戯文芸の作品を集め、この分野での先駆的な書、『巧智文学─東西共通の趣味文学』（和田信二郎氏著、明治書院一九五〇年刊）によれば、

「折句は五文字のことばを和歌の頭毎において詠んだのに始まつたが、それが次第に発展して種々の體をなすやうになつた。本書はこれを冠折句・沓冠折句・毎句折句・毎句沓冠折句の四種に分けた。」（一部省略して引用）

和田氏の四分類のうち、前二者は数首、数句に渡る多作品を取り扱ったもので、一首のみを扱うのは、後二者である。この小論では煩雑さを避けて、「毎句」を省略し、単に折句、沓冠折句として述べる。

なお、物名、折句の発達の史的考察、漢詩文からの影響を説いた『物名の歌と折句の歌』山岸徳平氏著（「平安文学」所収、山岸徳平著作集Ⅱ）は、万葉集を初めとする日本文学と漢詩との交渉を明らかにしていて、大いに参考になる。

さて、伊勢物語の折句（沓冠を含む）は16首ある。

傍線の上が句頭に据えられたもの、傍線の下が句末に据えられたものとする。

1　三段　おむねひそ──はにんはも

沓冠（添ひ寝む、思はんには）

2　九段　かきつはた——もしはるふ

沓冠（かきつばた、古橋も）

3　四十四段　——くとはくな

（なくば早く、解く）

4　五十一段　——はやむめや

（已めむやは）

5　六十段　さはかむそ——

（裁かむぞ）

6　六十八段　かきあはす——

（かき合はす）

7　七十七段　——なにはをし

（名には惜し）

8　八十七段　ぬひしまそ——

（縫ひし間ぞ）

9　九十四段　○——はるややむ

（春や止む）

○——きにやもれ

10　百一段　さしひあふ――
（季にや漏れ）

11　百五段　しけきたひ――はむてきを
　　沓冠（繁きたび、招きてむは）

12　百十六段　なみはひき――
（波は引き）

13　百十七段　――とみのりき
（夙宣りき）

14　百十九段　――それはもを
（それは裳緒）

15　百二十四段　おいやわひ――
（老いや陀び）

以上、折句のある章段が15あり、九十四段に2首あるから、計16首となる。内訳は折句13首、沓冠折句3首となる。

まず、2、九段から検討しよう。

本文、九段（一部）

ある人のいはく、「かきつばたといふ五文字を句の上に据へて、旅の心を詠め」と言ひけ

れば、詠める

から衣きつゝなれにしつましあれば
　はるぐ〳〵きぬる旅をしぞ思ふ

(歌の訳)

唐衣を着なれるようになれ親んだ妻を(京)に残してきたので、はるばるやって来た旅を、(悲しく)思うのですよ。

この業平の歌は、古今集巻第九　羇旅歌の部に、物語とよく似た詞書を伴って採録されており、折句と言えばこの歌が思い浮ぶほど有名な歌である。平安時代の初期の六歌仙の時代頃には、折句の歌は盛んに作られるようになったらしい。万葉集には、折句の歌があるとの説は聞かないから、この「から衣」の歌が記録に残るものとしては、もっとも古い折句の歌となろう。但し、この歌は折句の技法ばかりでなく、他の技法にも富み、歌の内容でも「旅の心」が哀切に表わされており、業平の作歌力の高さを示すものと言えよう。

さて、この歌は冠が「かきつばた」とすれば、沓に「古橋も」が詠み込まれている。但し、この説は私が最初に指摘したものではない。「古橋も」を「古橋・藻」とする説もあるが、私は「古橋も」で十分だと思う。だが、この説は、現代の注釈書で、管見の及ぶ限りでは認めている研究者はいないようである。最近になって、インターネットで調べていたら、「電書館」(館長、荻生待也氏)の中に、沓冠とする前記の荻生氏説を見い出し、私も心強く思ったものである。それでは、沓は成立するのだろうか。地の文では、「かきつばた」の折句の歌を詠めであって、

「古橋も」については詠めとは言っていないのである。しかし、折句の歌は、「何々」を詠めと言われて詠んだのだけを言うのではない。むしろ、隠された方が、他の意味を添加したり、時には暗号のような妙味が増すと考えられるのである。九段の地の文に「三河の国八橋」「そこを八橋と言ひけるは、水ゆく河のくも手なれば、橋を八つ渡せるによりてなむ八橋と言ひける。」と八橋を詳しく記述している。又、古今集の詞書には「三河国八橋」があり、この沢のほとりで、業平が詠んだことになっている。このことから、伊勢物語の作者、古今集の撰者は、沓冠の存在を十分承知していたと思われる。承知しながら「言わぬが花」なのである。業平は即興にこの歌を詠んだのだろう。但し、このように旅の途中かどうかは保証のかぎりではない。歌を生かすべく、旅を設定した可能性も大である。又、もしかしたら、業平は「ふるはしも」を意識せず作歌し、偶然の産物かも知れない。しかし、この歌を要求した人々は、さらに「古橋も」まで詠み込んだ業平に拍手喝采したことであろう。九段の風景「かきつばたや古橋も」詠み込んだこの歌を、私は沓冠の歌としたい。

1、三段について

（本文）

昔、男ありけり。懸想《けさう》しける女のもとに、ひじき藻といふものをやるとて、

思ひあらば　むぐらの宿に　寝もしなん
ひしきものには　袖をしつゝも

（以下省略）

（訳）

昔、男がいた。思いをかけていた女のもとに、ひじき藻（海草名）を贈るというので、（男の歌）あなたに愛情があるならば、（私は）どんなあばら家でも共寝しますよ。敷物には互いの袖を使うのでも。

この歌は（2）物名のところでも取り上げた。さて、歌の句頭は、おむねひそ　歌の句末は、はにんはも　である。句頭を下から逆に読み、句末も同じように下から読むと、「添ひ寝む、思はんには」となる。意味は「添い寝をしたいものです。（あなたが私に）思いをかけて下さるなら。」となり、男の歌とほぼ共通の意味を持っている。この沓冠は5字ごとの意味のまとまりが多いなか、句頭4字句頭末6字のまとまりで、気付きにくい大変珍しいものと言えよう。

3、四十四段について

（本文）

昔、あがたへ行く人に、馬のはなむけせむとて、呼びて、うとき人にしあらざりければ、家刀自《いへとうじ》、盃さゝせて、女の装束かつげんとす。あるじの男、歌詠みて、裳の腰に結ひ付けさす。

出でてゆく君がためにと脱ぎつれば
我さへもなくなりぬべきかな

この歌は、あるがなかに、おもしろければ、心とゞめてよます。腹に味はひて。

(訳)

昔、地方へ行く人に、餞別しようとして、家に呼んで、遠慮するような人ではなく、ごく親しい人だったので、主人は妻に、盃をささせ、女の装束を贈ることにした。主人の男は、歌を詠んで、装束の裳の腰ひもに結び付けさせた。(その歌は)

地方に出かけて行く君のために、裳を脱ぎましたので、(あなたの旅のわざわいは勿論のこと)私のわざわいもなくなってしまうことでしょうよ。

この歌は、歌そのものが＝(仕掛けがあって)＝おもしろいので、注意して読ませる。腹で味わうように。

この歌の句末を逆に読むと、「なくばとく」となり、意味は「装束がなくなったら、早くひもを解いてお使い下さい。」となる。言葉遊戯的な軽い暗号となっている。この前提に贈る側の男女と贈られる男が非常に親しいと見られることである。贈る男は、地方へ行く人、おそらく地方官となって赴任するのであろう男を、家に呼んで送別の宴を催し、女主人(妻)に盃までささせている。文中「うとき人にしあらざりければ」とあるが、これは互いに遠慮のいらない仲、ごく親しく信頼していた人なのでの意味になる。そこで、贈り物も「女の装束」とあるから、比較的高価な品だったと思われる。ここは裳だけを贈ったのではない。装束の中の裳の腰ひもに歌を結び付けたのである。この結びつける行為にも意味があり、「物名」にもあったが何かに結び付けることが、折句を示すヒントになっている場合がある。贈りものに、和歌を結びつけるのは当時の習慣としてよく知られているが、この行為が強調されている時は注意が必要である。

なお、注釈書によっては「裳」と「喪」を掛詞とするのは、自分の喪を旅立つ人に押しつけるようで餞別のことばとしてはどうか、とする説がある。これに対し、『全評釈』（前出）は、万葉集に裳と喪の掛詞の例を示し、ある注釈書の説は成立しないとするが、従うべきであろう。この歌では、「我さへも」とあるから、当然「あなたのも」となるはずで、わざわざ設けた餞別の宴の歌であるから、旅の無事を祈り、前途を祝した歌であるのは明白である。

さて、後文に移る。これらの文の解釈はさまざまであり、一つに定まらない。塗籠本では、この後文そのものを欠く。

私の訳は一例であり、他の有力な解釈として、例えば『伊勢物語評解』（上坂信男氏著）は、

この歌は面白い歌が多い中でも特に面白いので、声に出さず、念入りに腹の中で味わった。

この解釈は本文「心とゞめてよます」の部分を「よまず」と否定と取るもので、上坂氏のこの解も有力である。次に、『新潮日本古典集成　伊勢物語』（渡辺実氏校注）は、

この歌はその時よまれた歌の中で面白ければ、感動の心を残し、返歌はよまず、腹に味はひて（有難くうけとった。）

（傍線部は原文のまま、本書は全訳ではなく、必要に応じて、部分訳している。筆者注）

この解釈は、「よまず」の主体を、地方に行く人としたもので、このような解を採る注釈書は少ないと思われるが、伊勢物語の本文は簡略なので、十分成立可能な説であろう。

私見を述べよう。ここは、作者によるヒントになる文なのである。又は、後人による増補かも知れない。歌の後に、その批評らしい地の文が続く章段も多数あるが、この地の文は、奇妙な文でやや違和感を覚えるほどである。「この歌は、あるがなかに、おもしろければ」とあるが、「出でてゆく」の歌が特別な名歌とも思えない。「心とゞめてよます。」又は「心とゞめてよまず。」も、余計なお世話である。「腹に味はひて」も同様である。これは、裳の腰の記述があるので、腹とか、心などの語を添加したのかも知れない。

では、なぜこのような文を付け加えたのだろうか。塗籠本はこれらの文を欠くが、この方がすっきりしている。が、この奇妙な文こそ、そこに作者の工夫があるのである。私は先に、伊勢物語の文章は、読者参加型であるとした。後人による増補された文の可能性も否定できない。とすれば、ここは増補者の工夫とも言える。不完全と思われる章段に、つい文章を加えたくなるのが、この物語の特徴なのである。それでは、その工夫とは何か。これは折句があるとのヒントなのである。私の訳は「この歌は、歌そのものが（仕掛けがあって）」としたが、実はこれではあからさまで（ ）内は削除した方が良いかも知れない。ヒントとして、「折句があるので注意して読みましょう」では、実につまらない。そこでヒントであると同時に、逆に目くらましの効果のある文ともなっている。この微妙なバランスが難しく、そこで現在あるような文章になったのであり、作者、又は増補者の苦労を知るべきなのである。

私は折句の歌が、伊勢物語に16首あると先述したが、この内、折句の歌として認められているのは、２の「かきつはた」の歌のみである。（但し、この歌の沓冠は定説化していない。）この歌は、詞書、前文（地の文）に「五文字を句の上に据へて詠め」とあるから、これが折句の歌であることを誰も否定できない。しかし、「五文字を句の上に据へて」等の地の文がなくとも、折句の歌は、折句の歌であるのは勿論である。

それではなぜ発見が遅れたのであろう。この歌の場合、

いでてゆく　きみがためにと　ぬぎつれば
　われさへもなく　なりぬべきかな

右のように、五文字が句末に置かれ、しかも、下から逆に読まなければならない。（私はこれを、仮に末の逆折句と呼んでいる）

このような場合、折句であることにすぐ気付くのは難しいだろう。作者としては、折句に気付いてほしいと思う反面、分からなければそれでもよいという書きぶりである。

ついでながら、私は毎句折句を次のように句頭か句末か、読む順は上からか、下からかによって、四つに仮分類している。

Ａ　順折句　句頭、上から順に読む
Ｂ　逆折句　句頭、下から逆に読む
Ｃ　末折句　句末、上から順に読む
Ｄ　末の逆折句　句末、下から逆に読む

このうち、Ａは比較的気付きやすく、Ｄは発見が難しくなるだろう。折句はＡから始まったようだが、沓冠などは必ず句末に置かなければ成立しない技法であり、ＣＤが特に珍しいもので

もない。（この分類と名称は仮に付けたものである。この分類は細かすぎて、逆に煩雑になる恐れがあるので、特に必要な場合のみに用い、他は単に折句と呼ぶ。）

続いて、「四十四段はおおらかでとぼけた味わいの艶笑譚である」とする織田正吉氏『日本のユーモア２（古典・説話篇）』の説を紹介しよう。

これから出立するあなたのためにと妻が裳をぬいでさしあげたので、妻の「も」もなくなったけれど、私の「も」もなくなるでしょう。「も」は「裳」「喪」の同音異義。あるじの喪がなくなる――不幸が消え厄介ばらいができるというのは、出立する男が妻と通じているのをあるじが知っていたことを男に伝えているのである。（以下省略）

この織田氏の新説には敬意を表するが、私は賛成できない。なぜなら、本文中に「うとき人にしあらざりければ」とあり、大変親しい人だからこそ「馬のはなむけ」「送別の宴」を催したのである。又、出立する男が妻に通じているという感じはない。もし、そのような男であるなら、わざわざ家に招いて送別の宴を行う必要はない。この章段のおもしろさは別の所にあると見るべきだろう。

4、五十一段について

（本文）

昔、男、人の前栽《せんざい》に、菊植へけるに、

植へし植へば　秋なき時や咲かざらん

花こそ散らめ　根さへ枯れめや

（訳）
昔、男が人の前栽に菊を植えた時に、
しっかりと植えましたので、秋の季節がない時は咲かないでしょう。（しかし、秋は必ず巡って来ますので花は咲きます。）咲いた花も必ず散るでしょう。（しかしながら）根まで枯れるでしょうか。（枯れることはありませんよ。）

この歌は、古今集巻第五　秋歌下に有り、在原業平朝臣の作として、詞書に「人の前栽に、菊に結びつけて植へける歌」と、菊に結びつけた歌であり、3の「裳の腰に結び付ける」と似ている。表現としては、一句の「植へ」は畳語であり、二、三句は意表を突いた内容で、四、五句で念押しをしている。又、三句切れ、四句切れの歌で、業平の歌の特質を示す秀歌と言えよう。

『全評釈』（前出）はその評で
古今集仮名序の六歌仙評の「心余りて詞足らず」の代表例ともいうべく、和歌の形式にさえとらわれない不羈奔放な詠み方になっている歌である。（以下省略）

と、述べているが、その通りであろう。大変技巧的な歌であるが、そこにさらに「折句」が加わる。折句「已めんやは」は、決して（根まで）絶えることはありませんの意味で、五句「根さへ枯れめや」を強調しているのである。

なお、これと同様な物語が、大和物語百六十三段にあり、「在中将に、后の宮より菊を召しければ、奉りけるついでに、（歌は省略）と書いつけて奉りける。」とあり、これによれば、高貴な女性の求めに応じて、業平が菊の苗を奉り、その菊に書き付けたことになっている。

5、六十段について

（本文）

昔、男有りけり。宮仕へいそがしく、心もまめならざりけるほどの家刀自《いへとうじ》、まめに思はむといふ人につきて、人の国へ往にけり。この男、宇佐の使にて行きけるに、「ある国の祇承《しぞう》の官人の妻にてなむある」と聞きて、「女あるじにかはらけ取らせよ。さらずは飲まじ」といひければ、かはらけ取りていだしたりけるに、さかなゝりける橘を取りて、

五月待つ花橘の香をかげば
昔の人の袖の香ぞする

といひけるにぞ思ひ出でゝ、尼になりて、山に入りてぞありける。

（訳）

昔、男がいた。宮仕えで忙しく、妻に対し、こまやかな愛情を注ぐことができなかった頃に、（この妻は）「大切にしますよ。」と言う人に付いて他国へ行ってしまった。先の男が、宇佐使として地方に出向いた時に、「ある国で、接待役の地方官の妻になっている。」と聞いて、（その地に宿泊した時）「（あなたの）奥さんに盃を取らせなさい。そうでなければ、私は酒は飲むまい。」と言ったので、（地方官の）妻が盃を取ってさし出した時に、酒のさかなであった橘の実を取って、

五月になるのを待って咲く橘の花の香りをかぐと、昔の恋人の袖の香りがしますよと詠むと、（女は都での生活を）思い出して、尼になって、山にひき籠ってしまった。

　この六十段は、伊勢物語の中でも、すぐれた章段として知られており、逃げた女房の元へ、出世した男が訪れるというドラマチックな設定となっている。これと似た物語が、六十二段にもあるが、この章段は男の冷酷さが目立ちすぎて感心しない。

　さて、この六十段であるが、なぜ女は尼となり、山に籠ってしまったのであろうか。これが、この章段の最大の謎である。女が都を捨てたのも、男が特に悪い訳ではない。職場優先なのもある程度理解できる。女の側も特に悪い訳ではない。女の行為も、やむを得ない選択だったと理解できる。この女を新たに妻にした地方官も、都では身分も収入も低いだろうが、自国に戻れば、多分、郡司クラスの有力者として勢力を持った者なのである。女も地方に下れば、都出身の奥様として大切に扱われたであろう。そんな所に、前夫が宇佐使となって突然現われ、強引に宴の席に女を呼び出す。接待係としては、勅使を怒らせるわけにはいかないので、今までのいきさつを知りながらも妻を宴席に侍らせざるを得なかったのである。この地方官の方は、勅使が妻の前夫であることは知っていたに違いない。相手のことをある程度知らなくては、接待係は勤まらない。女の方はどうか。女も当然知っていたはずである。勅使の名前ぐらいは、夫が隠しても、大勢の者が準備に当たれば、その配下の者から漏れ聞くであろう。

　注釈書によっては、「五月待つ」の歌に続く、「といひけるにぞ思ひ出でゝ」の訳を、「と詠むと、（男が）先の夫であることに気付いて」とするが、どうだろうか。勅使が歌をよみ掛けて初めて元の夫であることに気付く、そのような鈍感な女なら、尼となって山に入らないと思うのである。

なぜ、女は尼となって山に入ったのかに、続いて、次の疑問は、酒のさかなが橘の実であることである。歌では花橘とあるが、どうして実なのか。勿論、橘の実は当時好まれた果物であり、花では飾りにはなっても酒のさかなにはならないことは承知している。男は橘の実を取りあげ、「五月待つ」の歌を詠む。この歌も古今集にも採られている詠み人知らずの有名な歌である。懐旧の情を催す、お変わりありませんねという男の心情を表わしていると見られる。どこにも非難がましい点は見い出せない。この男のやさしさゆえに、女は反省して尼になったとする見方もできよう。「なつかしいですね。」などとやさしく言われるより、「どうして逃げたのだ。」となじられた方が、気が楽だったのかも知れない。

私案を述べよう。この六十段には、二つの仕掛けがあり、これに気付かないと作者の意図を見抜くことはできない。しかし、二つの仕掛けが分からなくても、十分鑑賞に耐えられるところが作者の自慢なのである。

第一の仕掛けは折句である。「五月待つ」の折句は「さばかむぞ」で「裁かむぞ」は裁いてやるぞの意味となる。この「裁く」は、料理する、解体する、裁判にかける、決着をつける等の意味があり、先ほどの疑問、男が橘の実を取り上げたのも理由がある。この実は裁いて食べるものだからであり、折句を生かすための小さな工夫なのである。では、この歌から男は何を伝えたかったのか。それを端的に言えば「許さないぞ」の男の意志表示となろう。この宴席には、二人以外にも、お付きの者、接待する側の者も大勢いたであろうから、このように伝達するしか方法がなかったと思われる。女の「思ひ出ゞて」は、前夫との都での生活を思い出すと同時に、この男の意志を察したのではあるまいか。

第二の仕掛けは地名に関することである。伊勢物語の地名には特別の意味を持って物語と関わるものがある。ここでは、宇佐、宇佐使が重要である。伊勢物語の主人公と見られる在原業平は、実際に宇佐使の役に任ぜられており

仁寿二年（A・D八五二）

四月十五日、奉神宝使在原右中将業平朝臣

（『歴代宇佐使』宇佐神宮史　資料篇　巻二による）

このことを作者は利用して、物語化したのであろう。

しかし、なぜ宇佐使でなければならなかったのか。他の勅使でも物語は成立するが、作者の狙う効果が薄まる。この「宇佐」は掛詞で「憂さ」に通じ、宇佐使は憂さ使でもあるところが作者の工夫である。「憂さ」には気持が晴れないとの意であり、この宇佐使は、おそらく、長年の努力が認められ、官位も昇進し、名誉ある役を委されても、屈託した心を持っていた。

又、「うさ」は「失す」にも音が通じ、消える、なくなる、死ぬ等の意味がある。とすれば、「宇佐使」に作者は、宇佐神宮に幣を奉る表面上の役割とは別に、積年の鬱憤を晴らすべく、いわば女を追放する任務も背負わせたのである。ここは、他の勅使ではだめで、どうしても宇佐使でなければならなかったのである。

以上、作者は「さばかむぞ」の折句と、「宇佐」「宇佐使」の地名等からの連想で、この物語を構成していったと私には思われるのである。このため、女は尼となって、山に籠らねばならなかったのである。

この作者の仕掛けがあまりに自然でみごとであったがために、物語成立後、長きにわたって気付かれなかったのであろう。

『鑑賞日本古典文学　第五巻　伊勢物語　大和物語』（片桐洋一氏編）で、片桐氏は、『昔の暦の五月待つころ、今の梅雨も近いころ、じめじめとした季節にふさわしい重苦しい物語である。ある注釈書が「五月の花橘のようなさわやかな章段」と評していたが、とんでもないことである。』片桐氏のこの評はなるほどと思われる。だが、一部賛成できかねる点もある。この宇佐使の男は、六十二段の男より以上に冷酷かも知れない。しかし、物語の結末に大きな違いがある。

六十二段の女は「（男が）衣を脱ぎて（女に）与えたけれど、捨てて逃げて行ってしまった。どこへ行ったかも知れない。」で、終わるが、この結末には救いがない。女はさらに落ちぶれていくのであろう。

ところが、この段の女には、潔さと矜持がある。私にはこの女の行為にさわやかさを感じるのだが、どうだろうか。

6、六十八段について

（本文）

昔、男、和泉の国へ行きけり。住吉の郡、住吉の里、住吉の浜を行くに、いとおもしろければ、おりゐつゝ行く。ある人、「住吉の浜と詠め。」と言ふ。

雁《かり》なきて　菊の花さく秋はあれど

春の海辺にすみよしの浜

と詠めりければ、みな人ぐ〵詠まずなりにけり。

訳は省略する。住吉はその名の通り、住み良い、すばらしい所である。折句、「かき合はす」は、みんなひっくるめての意味である。

7、七十七段について

（本文、一部省略）

………右の馬の頭なりける翁、目はたがひながら、詠みける、

山のみな移りてけふにあふ事は

春の別れをとふとなるべし

と詠みたりけるを、いま見れば、よくもあらざりけり。そのかみは、これやまさりけむ、あはれがりけり。

（訳）

（省略した部分は、文徳帝の女御がおなくなりになり、その法事の際、供物が山のように

積み上げられた等の記述があり、）

右の馬の頭だった翁が、（本当の山だと）見ちがえたままで、詠んだ歌は、

山がみな移って今日のこの法事に参会なさるのは、女御さまの春の別れをとむらっているのでしょう。

と詠んだが、今見ると、すぐれた歌でもなかった。その時は、この歌はよい歌と思われたのか、賞賛された。

この右馬頭は業平とされる。但し、この役職や翁と呼ばれている点が史実と合わない。

『在原業平』（今井源衛氏著）の「業平略年譜」によれば、

○貞観元（八五九年）女御の四十九日法要に「山のみな」の歌を詠む。（業平35歳）

○貞観7（八六五年）右馬頭となる。（業平41歳）

業平は翁と呼ばれる年齢にも、右馬頭になっていないのである。

『全評釈』（前出）は

実際に山が動いたという前提に立たなければ、この歌は誇張しすぎる歌となってしまうので、「目はたがひながら」と特にことわっていると考えられる。

竹岡氏はこのように、業平の「山のみな」の歌を生かすべく、この法要を虚構化した作品と見ている。

私はさらに「折句」の存在を付け加えたい。作者は、折句「名には惜し」に気付き、それを利用しようとしたと思われるのである。この歌には誇張があり、名歌とも言えないかも知れな

い。しかし、「今見るとよくないね。」とは誰が言えよう。これは業平の歌である。ここに伊勢物語の読者参加型の特徴がある。「なぜ、そのようなことを言うのか。」という読者や、聞き手の疑問を予期しているのである。その答は歌そのものに聞いてくれであったろう。これと同じ技法が、百一段にも使われている。

折句「名には惜し」は、「女御さまの名声が、惜しまれる」との哀悼を込めた意味があるが、作者は別の意味も見い出した。名声の対象を業平に向け「業平の歌にしてはもう一歩だね。」と解釈してみせたのである。

8、八十七段について

（本文省略し、歌と、それに続く文のみ）

ぬき乱る人こそあるらし　白玉の

間なくも散るか　袖のせばきに

と詠めりければ、かたへの人、笑ふことにや有りけん、この歌にめでゝやみにけり。

（訳）

結んである糸を抜き乱している人がいるらしい。白玉が絶え間なく散っていることだ。受ける私の袖はこんなに狭いのに。

と詠んだので、側の人は、笑うことがあったのだろうか、この歌をほめて、自分の歌を詠むのをやめてしまった。

ここは、摂津の国、布引きの滝の場面である。歌には「縫ひし間ぞ」の折句が隠されているが、比較的見つけやすい。意味は「まだ、（白玉を）縫いつけたばかりなのに」の意味となる。「笑ふことにや有りけむ」の対象が不明だが、擬人化された表現をおもしろいと思ったのか、折句に気付いたのか。その両方かも知れない。

9、九十四段について（二首）
（本文省略し、歌から以後を引用）

秋の夜は春日忘るゝ物なれや
かすみに霧や千重《ちへ》まさるらむ

となん詠めりける。女、返し、

千《ち》ゞの秋　一つの春に向かはめや
紅葉も花も　共にこそ散れ

『全評釈』は「まさるらん」だが、「まさるらむ」に改めた。

（訳）
秋の夜には、春の日のことを忘れてしまうものなのですね。春の霞よりも、秋の霧の方が千倍も勝るのでしょうか。
と詠んでやった。女の返歌
千の秋を集めても、一つの春には勝てませんよ。しかし、秋の紅葉も、春の桜も共に散るものなのです。

この段は、男が元の妻である女に、絵を依頼していたのに、なかなか描いてくれないのを恨んで、詠んでやった歌と、その返歌から成っている。女は絵をかく人で、今は別の男がいるが、子供までなした仲なので、別れた後も絵を依頼するなど交流は続いている。

さて、男の歌には折句「春や止む」がある。この男の歌は、かつて夫婦であった時を春としているので、もう春は終わりですか、私の依頼など配慮して下さらないのかの意を含んでいる。

それに対し、女の返歌は、「そんなことはありません。春が一番すばらしいものです。」と男に気配りしている。この歌には「季にや漏れ」がある。これはどのような意味であろうか。この女は四季絵の作者であろう。

男の折句「春は止む」は、春は終わりですか、私たちの仲もこれまでですかの裏の意味は「春図は描かないのですか」となり、男は春の図を依頼したのだろう。これに対し、女の歌の折句「季にや漏れ」は、「四季のうち、季節にもれがあったのですか。」と男に応じたものなのである。ここは、折句には、折句の歌で答えた、特筆すべき、すぐれた章段になっていると私には思われるのである。

四季絵は『広辞苑』によれば、「四季折り折りの情趣ふかい自然と人事を和歌に詠み、これを絵画化したもの（一部）」さらに、九世紀末から一〇世紀にかけて成立とある。

又、『日本美術史事典』（石田尚典氏ほか監修、平凡社）によれば、

四季絵の各画面は春は桜に柳、夏は松と藤といった定型的なモティーフに象徴される風景

画であるとともに、田園で働く農夫や狩人、旅人などそれぞれの季節にふさわしい風俗的な要素をも含み、しかも全体として四季の推移という総合的なテーマのもとに統一されていたと考えられる。（一部引用）

右のように、女が四季絵の作者だった場合、四季のうち一つでも欠ければ、完成品とはならないから、早く描いてくれるよう依頼したのではなかろうか。

10、百一段について

（本文一部省略）

詠みはてがたに、主のはらからなる、あるじゝ給ふと聞きて、来たりければ、とらへて詠ませける、もとより歌のことは知らざりければ、すまひけれど、しゐて詠ませければ、かくなん、

咲く花の下に隠るゝ人多み
　ありしにまさる藤のかげかも

「などかくしも詠む」と言ひければ、「太政大臣《おほきおとど》の栄華の盛りにみまそかりて、藤氏のことに栄ゆるを思ひて詠める」となん言ひける。みな人、そしらずなりにけり。

（訳）

詠み終わる頃に、主人の兄弟である男（業平）が、兄の行平がもてなしの宴を催している

と聞いて、訪れたので、つかまえて歌を詠ませた、(男は)元々歌のことは知らなかったので、辞退したが、無理に詠ませたところ、次のように詠んだ、

咲く花の下に隠れてしまう人が多いので、以前にも増して栄える藤のかげですね

「どうしてこんな歌を詠むのか。」と人々が言うと、「太政大臣が栄華の盛りにいらっしゃって、藤原氏が特に栄えることを念じて詠みました。」と言った。(そこで)人々はみな、この歌を難じることはなくなった。

この章段は、兄の行平が宴席を設け、藤原氏、その他の高官を接待している場面である。「藤の花」を題に、人々が歌を詠むこととなり、その終盤に弟の業平が訪れる。業平は歌のことは知らないと謙遜するが、無理に詠ませられる。この日の主賓の藤原良近と業平とは清和朝の「次侍従」の職にあったころの同僚で、年齢も近く(業平が二歳下)親しい間柄であったと思われる。

さて「咲く花」の歌の、二、三句「下に隠るゝ人多み」の意味は微妙である。藤氏の下に隠れる、藤氏によって邪魔される、このような解釈が一つ。もう一つは、藤氏のお蔭を被る、藤氏に庇護される。人々はこの歌を聞き、前者にとって非難した訳である。業平は後者ですよと弁明して、事なきを得た。接待の宴で、相手に気分を害されたら、兄、行平の面目が立たない。実はここにもう一つ、安全弁が用意されていた。それは折句「さし日逢ふ」である。この折句は、比較的簡単に人々には判明したであろう。意味は「太政大臣のありがたい日差しに当る、太政大臣の恵みのお蔭です」用意周到、ここに自由奔放とされる業平の別の一面を見せたのである。

11、百五段について

（本文）

昔、男、「かくては死ぬべし」と言ひやりたりければ、女、

白露は消《け》なばけなゝむ　消《き》えずとて

玉にぬくべき人もあらじを

と言へりければ、「いとなめし」と思ひければど、心ざしは、いやまさりけり。

『全評釈』は、歌第二句を「なん」とするが「なむ」に改めた。

（訳）

昔、男が「こんな状態では死んでしまいそうです。」と言ってやったところ、女は、

白露は消えるなら、すぐにでも消えてほしい。白露を玉のようにひもを通して大切にしてくれる人もいないでしょうから。

と歌を詠んでよこしたので、男は「実に無礼だ。」と思ったが、（女を）愛する気持はますます強くなるのだった。

この歌は、沓冠折句となっていて、句頭を順に読んで「しげきたび」、句末を逆に読んで「招きてむは」。

男は「このままでは死んでしまう。」と何回も女に訴えたのだろう。

それに対する女の歌は「早く死んでおしまいなさい。あなたを親身に思ってくれる人なんかいませんよ。」さらに沓冠で「死ぬ、死ぬと言いながら、死ぬこともなく、たびたびのお誘い

ですね」を添えている。沓冠の作歌は難しくどこかに無理が生じてしまうのだが、歌の自然の流れはみごとと言うほかはない。男はけしからんと思うが、歌のうまさ、技量の高さを評価したことであろう。この章段は短いながら、沓冠の歌を生かした後文の配置がみごとである。

12、百十六段について

（本文）

昔、男、すゞろに陸奥《みち》の国までまどひいにけり。京に、思ふ人に言ひやる、

浪間より見ゆる小島のはまひさし
久しくなりぬ　君にあひ見で

「何事も、みな、よくなりにけり」となん言ひやりける。

（訳）

昔、男が陸奥の国まで、これといったあてもなくさまよって行った。都の恋人に書き送った（歌は）、

波の間から、児島の浜の庇が見えます。（ひさしと言えば）久しくなりました。あなたにお逢いしないで。

「何事もみな好転しました。」と書き送った。

この歌の折句「波は引き」は、男のみなよくなったと対応している。この歌は、万葉集巻第十一（２７５３）が本歌で

波の間ゆ見ゆる小島の浜久木
　久しくなりぬ君に逢はずして

万葉集の浜久木（はまひさぎ）は海辺に生える雑木、本文の浜庇（はまひさし）は海辺にある家の軒先につき出た部分。この両者に多少の違いはあるが、折句は成立する。作者は、この折句に気付き、この章段を構成したと思われる。この万葉集の歌の作者（作者未詳）は、意識して折句の歌を作ったのか、否かは不明である。が、伊勢物語作者によって発見された、万葉集折句の最初の例となるであろう。

又、東日本大震災（二〇一一・三・一一）の巨大津波の記憶は新しいが、これと同規模、同地点での大地震が、当時発生している。「三代実録」によれば、貞観十一年五月二十六日（八六九年）貞観三陸地震が起き、巨大津波が襲い、甚大な被害をもたらしている。この救済のため都から役人が派遣されているが、前文からして役人ではなく、たまたま現地にいて難にあった男が「波は引き」と都に報告した手紙の可能性があろう。

13、百十七段について

（本文）

昔、帝、住吉に行幸したまひけり。
我見てもひさしくなりぬ　住吉の
岸の姫松いく世へぬらん

おほん神、現形《げぎやう》し給ひて
むつましと君は　白波みづかきの
久しき世よりいはひそめてき

（訳）
昔、帝が住吉神社に行幸なされた。（その歌）
私が見てからも久しくなった。住吉の岸の姫松はどのくらいの時代を経ているのだろう。
住吉明神が姿を現わされて、
私がごく親しいと思い、（神社の姫松などの）生垣が久しいように、昔から大切にあなたを守ってきているのですよ。

この段は、帝（又はその代詠）と住吉の神との歌のやりとりで構成されており、物語中、特異な章段と言えよう。「我見ても」の歌は、古今集巻十七　題知らず、読み人しらずの歌である。次の神の歌「むつましと」には、折句「とみのりき」「夙宣りき」が隠されている。意味は、急に神がおっしゃった、突然、神が宣言されたとなる。この歌は元々は男女の恋愛歌であったものを、折句を活用すべく帝と神との場面に仕立てたと思われるのだが、この折句の存在に気付かぬ場合、神の出現が唐突過ぎる感がある。

14、百十九段について
これは既に（2）物名で述べた。

15、百二十四段について

（本文）

昔、男、いかなる事を思ひける折りにか、詠める、

思ふこと言はでぞたゞにやみぬべき

我とひとしき人しなければ

（訳）

昔、男がいかなる事を考えた折か、詠んだ歌。

思うことを言わないで、そのまま黙っているほうがよいのだろう。自分と同じ心を持つ人なんかいないのだから。

この章段は主人公が終焉を迎える直前に置かれている。この配置は、男のあきらめに似た心情の歌からして、適したものと言えよう。業平は元慶四年（八八〇年）に死去している。年齢は五十六歳であった。

この歌には折句「老いや侘び」があり、意味は、「老いとは侘びしいものなのか」となる。物語作者の「いかなる事を思ひける折にか」の文と、この章段の配置がすぐれている。折句は、物語化されて、その存在感を増す。この段も折句を効果的に使ったすぐれた章段と言えよう。

以上で16首の説明は終了する。

まとめとして、少し煩雑になるが、折句の四分類を次に掲げる。

折句（13首）
A　順折句　6首　　　B　逆折句　0首
C　末折句　5首　　　D　末の逆折句　2首
沓冠折句（3首）
1、三段　逆折句プラス末の逆折句
2、九段　順折句プラス末の逆折句
3、百五段　　右に同じ
なお、この中で、B逆折句は0だが、次の大和物語にこの例がある。

（5）

大和物語の折句の歌を取りあげる。
折句の歌があるのは、次の二章段である。
1、七十段　しうまきな――
（なき際憂し）
2、百六十三段　――はやむめや
（已めむやは）
この章段は、伊勢物語五十一段と同じ

1、七十段について

(歌のみ)

　篠塚のうまやうまやと待ちわびし
　　君はむなしくなりぞしにける

(訳)

　篠塚の駅からお便りを、今や今やと待ちわびておりましたのに、あなたはなくなってしまったのですね。

　この歌は、監の命婦がその恋人の死を惜しんだものである。死亡した男は、陸奥の国へ下ったが、途中でなくなり、男の他界を聞いた後で、男の手紙、篠塚駅（三河国宝飯《いほ》郡）でしたためた文が遅延して届き、命婦が詠んだ歌である。折句「なき際憂し」がある。「おなくなりになった際のことが悲しい」の意で、歌を補強した内容となっている。

2、百六十三段について

　伊勢物語五十一段と同じ、（4）の4参照

　大和物語の折句の歌は、以上、2首である。総歌数に占める物名歌は、先述したように、四%ほどで伊勢物語と大差はないと言えよう。ところが、折句の歌に関しては、伊勢物語が16首、総歌数に占める割合は、約八％なのに対し、大和物語は一％にも満たないほどである。この差は偶然出てきたものとは考えられず、両者の創作意識の違いからくるものであろう。

折句の歌をもつ章段は、一種のなぞなぞであるから、作者は詳細に書き込みをするわけにはいかない。しかし、読者や聞き手の参加を期待する。問題を出し、答えてもらわねばならない。そのため、簡潔でしかも繊細でなければならず、そこには折句を生かす暗示も必要である。私は先に、伊勢物語の文章は読者参加型と呼んだのはこのような点を言うのである。

折句の最後に、平中物語について述べよう。平中物語の折句は、1首ある。

1、三十段　――たむけむを

（手向けむを）

本文等は省略して歌のみ、

散るをまたこきや散らさむ袖ひろげ
　ひろひやとめむ山の紅葉を

（歌の訳）

紅葉が散っていますが、さらにしごいて散らしましょうか。山の紅葉を袖を広げて拾いあげましょうか。

この歌は、男が山寺に参拝しようとした折、女に詠んだ歌であり、折句には、「御一緒に花を手向けましょう」の意味がある。

平中物語の総歌数のうち、折句の占める割合は、大和物語とほぼ同じく一％にも満たない。

平中物語は、物名、折句とも少ない物語と言えよう。平中物語の歌の技法の特徴は、掛詞の使用頻度が高いところにあると思われる。

二　伊勢物語の折句と増補について

（1）

折句の歌に関して、伊勢物語の諸本に於いても、その有無に差が認められる。ここでは、まず定家本系と塗籠本系との比較を試みてみたい。

定家本系では、『全評釈』（天福本・学習院大学蔵が底本、竹岡正夫著）を用いた。

塗籠本系では『竹取物語　伊勢物語』（日本古典全書　民部卿局筆写本、本間美術館蔵が底本、南波浩氏校註）を用いた。

伊勢物語の16首ある段を順次、検討していく。

1、定（三段）塗（三段）

多少の差異は認められるが、沓冠は共に成立する。

2、定（九段）塗（九段）

定では「句の上にすへて」、塗は「句の頭《かしら》に据ゑて」などの違いはあるが、沓冠は共に成立する。

3、定（四十四段）塗（四十二段）

定家本の「この歌……腹に味はひて」までの、歌の後にくる地の文が、塗籠本には欠ける。折句は成立。

4、定（五十一段）塗（四十九段）

塗の方が、簡略だが大差ない。第一句「うつしうゑば」傍書に「うゑしうゑば」折句は成立。

5、定（六十段）塗（五十六段）

大差なく、折句は成立。

6、定（六十八段）塗（六十三段）

定、第四句「春の海辺」、塗「春のうみ江」とあるが、折句には影響なく、成立。

7、定（七十七段）塗（この段なし）

8、定（八十七段）塗（八十三段）

定、第二句「あるらし」、塗「あるらめ」とあるが、折句は成立。

9、定（九十四段）塗（この段なし）

10、定（百一段）塗（この段なし）

11、定（百五段）塗（百一段）

塗籠本の歌

白露はけなばきゑなんきゑずとも
　玉にぬくべき人もあらじを

句頭しけきたび——句末はむもきを

（第二句は「きゑなむ」とした。）

この塗籠本の歌は第三句「きゑずとも」とあり、「はむてきを」の沓冠は成立しない。折句「しげきたび」のみの成立となる。
12、定（百十六段）塗（この段なし）
13、定（百十七段）塗（この段なし）
14、定（百十九段）塗（百八段）
　ほぼ同一内容、折句は成立。
15、定（百二十四段）塗（百十四段）
　ほぼ同一内容、折句は成立。

　以上をまとめると、15段16首のうち、
○折句（沓冠も含む）成立　9段
○沓冠のうち、どちらか不成立　1段
○折句が不成立　0段
○章段そのものがない　5段（6首）
　これから言えることは、定家本も塗籠本も同一章段がある場合は、大きな違いはない。沓冠のうち沓不成立の塗籠本百一段も一字違いのためである。物名でも一字違いの不成立があるが、折句も「て」と「も」、この一字の違いが折句の成立、不成立を分けてしまう。

　折句に関しては、同一章段のある10段のうちではこの一例のみなので両者の違いは少ないと言える。両者がある時点で分離したとすればよく原形を保っている。

　問題となるのは、塗籠本に折句のある章段が欠けていることである。塗籠本では5段6首が欠けているのが大きな特徴と言えよう。両者の総章段は、定家本百二十五段、塗籠本は百十五段で、十章段の違いがある。ただ単純な計算ではすまない面もある。『竹取物語　伊勢物語』(前出、南波浩氏校註)の比較表によれば、定家本にあり塗籠本にない章段は、次の十二章段である。

八、二十六、三十二、三十九、四十六、五十五、六十七、七十七、九十四、百一、百十六、百十七

(このうち、八段については、同一歌もあり他の章段と一体化しているから除外し、十一章段とする。筆者注)

さて、ここで折句に関係する章段は次の五つである。

七十七、九十四(二首)、百一、百十六、百十七

塗籠本にない章段十一のうち、五つが折句を持つ章段である。なぜこれらが塗籠本にはないのか。十一のうち五つは決して少ない割合ではない。これは偶然などではなく、何らかの成立事情が絡んでいると見ていいだろう。

この五章段は、塗籠本から脱落したり、排除されたのだろうか。私はこの可能性は少ないと思う。他の十段の比較によれば、内容に大差はない。一字違いのものがあったり、地の文の違いは多少はあるにしろ成立している。又、排除される理由も見い出せない。これ以外の折句の歌を含む章段は差別されず存在している。脱落などでないとすれば、次の想定が導かれるであろう。

定家本と塗籠本とがある時点で分離し、その後、定家本の方にこの五章段が増補された。

この想定は、定家本の方が章段が多いのだから、塗籠本に脱落等がないとすれば、当然のこ

と言えよう。要は、この増補と折句とが深い関連を持っていることである。この物語の作者（増補者）は、この物語に章段を加えようとした時、何らかの基準があったろう。その一つに折句の歌の章段を加えたいとの、作者の強い意志があったと思われる。さらに言えば、この五つの章段が伊勢物語成立後期の編入と見た場合、百十六段と百十七段のように連続して増補される例もあった。が、物語全体の調和や統一を重視し、適当な場所に挿入する方法を選ばざるを得ないとしたら、ほぼ同時期の各章段の編入であっても、ばらばらに分散、配置されたことだろう。連続した配置より、この方が折句の歌を含む章段であることが、容易には判明せず効果的だったかも知れない。

塗籠本と定家本との関係については、多くの議論がなされているが、このように定家本の方には折句の歌を含む章段が増補されたとするならば定家本より塗籠本の方が伊勢物語の祖型に近いと言えよう。

『伊勢物語塗籠本の研究』（市原愿《すなお》氏著）で、市原氏は塗籠本の古態性に関して、次のように述べている。

塗籠本の欠落章段は、通行本や他伝本の章段を合理的・統一的な見地から捨象したものでなく、為家本や定家本の章段の検討からしても、塗籠本が古態たる性格を包含していると言い得るのである。（一部引用）

この結論は「折句の歌」の検討からも私は支持できると思う。ただ、塗籠本八段などについて言えば、定家本系の方が、合理的・統一的な見地から見直しがされている可能性があり、こ

の点は項を改めて述べることにする。(「伊勢物語と地名　その遊戯性」参照)

（2）

定家本にあり塗籠本にない章段十一のうち、五章段は折句の歌を持っていた。では、残りの六段は折句の章段と何らかの関連があるのか、ないのか検討していく。

残りの章段とは、

二十六、三十二、三十九、四十六、五十五、六十七　の六つである。

まず、二十六段と三十二段を検討したい。両段とも、折句を含む章段との関連は認められないようである。二十六段については、歌の表現が斬新で躍動感がある。「おもほえず」の歌、袖にみなとのさはぐ、もろこし舟のよりし、などは新鮮な感動をもたらしたであろう。これに対し、三十二段の歌「いにしへの」は、やや民謡的で、内省的なものと言えよう。増補者は、この新旧二つの歌を取り込もうとしたのかも知れない。

次の三十九段については、関連性が認められる。伊勢物語で葬儀を扱った章段が三つあり、三十九段——崇子《たかいこ》内親王の葬儀、七十七段（折句の歌のある段）——女御多賀幾子《たかきこ》の葬儀、七十八段——同じ女御の四十九日の法事である。七十八段は法事そのものよりは、その後の藤原常行と山科の禅師との交流が主な話題となっており、この段の直前に七十七段が置かれているいることになる。ただ、この両段は、別々に構想されたようで、同一の人物の葬儀とは言え、七十七段のつづきとして七十八段が書かれたという感じはしない。両者はそれぞれ独立して鑑賞されるよう作られているようだ。この七十七段とより関連が認められるのが三十九段の方である。

男が女車に相乗りして、葬儀を見物しようと出かけると、「あめしたの色好みの源至」が、その女車に蛍を入れる。その後、男と至とは歌のやりとりがある。

右の内容が、葬儀の場にふさわしくなく、ユーモラスな点がある。これは七十七段の「右馬頭なりける翁、目はたがひながら」のとぼけた所が似ている。又、歌の後の批評の文、七十七段「いま見れば、よくもあらざりけり。」三十九段「天の下の色好みの歌にては、猶ぞありける。」両段とも、業平、至の歌を「もう一歩だね」と判定しているのである。この両段の内容は別々だが、一方は内親王たかい子、他方は女御たかき子と、いずれも高貴な女性、名前も似ている、の葬儀を扱ったものであり、この三十九段が、折句の歌を持つ七十七段との関連は認めてよいと思われる。

四十六段に移る。この章段は、人の国へ行った男が「私のことはもうお忘れですか」と京の友に文を送り、それに答えた男が歌、「めかるとも」を送る内容となっている。この例も含めて、伊勢物語には遠方から京へ文を送る章段が五つある。九段と百十六段（折句の歌を含む章段）は、東国へ行った男の歌を京の思う人へ、十一段は東国へ行った男の歌を京の友達へ、十三段は武蔵の国の男と京の女との歌のやりとり、以上である。この五つの章段の中では、四十六段はやや特異な章段と言えよう。遠方から文を届ける男は皆東国へ行っているのに対し、「人の国」

どの地方だか不明であり、歌を詠んだのは京の男の方である。又、四十六段は男の親密な友情を扱ったものとして異彩を放っている。以上から折句を含む百十六段などとの関連は認められない。

次の五十五段については、短い章段なので全文を掲げる。

昔、男、思ひかけたる女の、え得まじうなりての世に、

思はずはありもすらめど　事のはの

折りふしごとに頼まるゝ哉

これは、いつまでも未練をたち切ることのできない男の歌物語であり、多くの類似した章段もあり、特に折句の歌を含む章段との関連性があるとは言えない。

最後の六十七段に移る。この段は友達との和泉の国への逍遥の場面である。伊勢物語の逍遥の場面は五つあり、順に挙げると

○六十六段　津の国へ、兄、弟、友だちと

○六十七段　和泉の国へ、思ふどちと

○六十八段　和泉の国へ、複数人と、

(折句の歌あり)

○八十七段　津の国へ行きて住む。兄、あるじ、他の複数人と、

(折句の歌あり)

○百六段　龍田川のほとり（大和国生駒郡）親王たちの所へ参上。

これら五つであるが、百六段は仲間内の逍遙ではないので、前四者とは違うようで、これだけは短い章段である。六十六段、六十七段、六十八段は連続しており、六十六段と八十七段は津の国、六十七段と六十八段は和泉の国と行く場所も似ている。又、六十六、六十七、六十八段は、男はただ一人のみ歌を詠んで、他の人々は詠んでいない。八十七段については、兄の衛府の長官が歌を詠み、主人の男が折句の歌を詠んでこの二人だけで終了している。以上の点からも類似性があり、六十七段と折句の歌を含む章段との関連は認められるであろう。

以上から、定家本にあり塗籠本にない章段十一の内、五章段は折句を持つ段として、二章段は折句関連の段として増補されたと思われるのである。これが認められれば、当然のことだが、塗籠本の方が古態を示していると言えよう。この両者が祖本から分かれ、独自に発展の道を進んだとしよう。塗籠本は定家本にない七段等の増補があったが、その増補された章段は多くはない。又、八段は定家本に比較すると、定家本の八、九段を合わせたものに、さらに「みやこ人の歌の部分が付属しており、定家本四十五段の二つの歌、「行く螢」（塗籠本四十二）と「暮れがたき」（塗籠本四十三）が二章段になっているなどの差異はあるが、章段そのものも古態を留めていると見られる。例えば七段の場合、六段の芥川の次に置かれている。これは掠奪婚の同一テーマとしてまとめたものであろう。

これに対し、定家本は数多くの増補を受けている。折句の歌とは関連のない四章段（二十六、三十二、四十六、五十五）、折句の歌を含む五章段（七十七、九十四、百一、百十六、百十七）、折句の歌はないがその関連二章段（三十九、六十七）が増補され、当然のことながら、章段の組み替えも多くなったであろう。伊勢物語が主人公の初冠から終焉までの構成であったから、その体裁を崩さずに加段する必要があった。紙面の余白などの問題もあったであろう。傾向として、折句に関係ない章段は前半に、折句は後半にまとまっている。これは増補時期と関連があり、大島本（次の項で詳述する）などを検討すると、折句に関係ない章段の方が早く組み込まれた可能性があると思われる。

（3）

折句の歌に関して、塗籠本に続いて、広本系についても検討したい。

広本系では、「大島本」と比較し、『伊勢物語に就きての研究』（校本篇　池田亀鑑氏篇）を用いた。


伊勢物語の15段16首を順次、検討していく。

なお、大島本の章段については、煩雑さを避けるため、「同段」又は「この段なし」とした。
1、定（三段）大（同段）
多少の差異は認められるが、沓冠は成立。
2、定（九段）大（同段）
定では「句の上に据へて」、大は「句の上に置きて」などの違いはあるが、沓冠は成立。

3、定（四十四段）大（同段）
二句、定（君がためにと）　大（君をいはふと）の違いがある。定家本と大島本では歌自体の揺れが多いように感じる。又、この段では、後文（地の文）でも、「心とめてよますはこきあちはひえしもいてこし」と詳しい。折句は成立。
4、定（五十一段）大（同段）
定一句「植へし植へば」が大「うつしうへは」とある。古今集もこの二つが通用していたようである。折句は成立。
5、定（六十段）大（同段）
定「たちはなをとりて」が、「はなたちはなをとりてつかひ」とあり、大島本の方が歌の花橘に合わせてある。他は大差なく、折句は成立。
6、定（六十八段）大（同段）
歌が相違する、
定　雁なきて菊の花さく秋はあれど
　　春のうみべにすみよしのはま
大　かきりなき菊の花さく秋もあれと
　　春は（以下同じ）
一、三、四句と異なるが折句は成立。
7、定（七十七段）大（同段）

定三句「あふ事は」　大「ある事は」
定五句「とふと」　大「いふと」
大島本は文末に「むかしの女御をはかくそ申ける」が付加されている。折句は成立。
8、定（八十七段）大（同段）
定一句「ぬきみだる」　大「ぬきみたす」
この歌は古今集に業平朝臣の歌としてあり、第一句は「ぬきみだる」である。ここでも両者の歌の違いが気になるが、折句は成立。
9、定（九十四段）大（同段）
○一首目（男の歌）
定五句「ちへまさるらん」　大「たちまさるらん」の違いはあるが、折句は成立。
（折句、はるややむ）（ん↓むに読み換え）
○二首目（女の歌）
定　千ゞの秋ひとつの春にむかはめや
大　ちゝのはるひとつの秋にまさらめや
定家本と大島本とでは、一、二、三句の違いがあり、春と秋とが入れ替っている。このどちらでも物語は成立するが、大島本の折句は不成立となる。
10、定（百一段）大（同段）
定一、二句「さく花のしたに」　大「さくらはなしたに」の違いがある。折句は成立するが、この場合、大島本の「桜花したに」の表現は適切ではないであろう。ここは「藤の花」の題詠であるから、前文からの流れでいけば、定家本の「咲く花のしたに」が良い。ただ、大島本と同じ表現の本もあるから、単なる誤りとも言えない。「藤の花」を飾りつけたのではなく、大島本系はこれが元々は「桜の花」だったのかも知れない。桜と藤は咲く時期がずれるから、このままでは落ち着かない。

最終文「そしらすなりにけり」の後に、大島本には「おほきをとゝは…」の文がある。

11、定（百五段）大（同段）

ほぼ同じ。沓冠成立。

12、定（百十六段）大（この段なし）

13、定（百十七段）大（この段なし）

14、定（百十九段）大（この段なし）

同一内容、折句成立するが、

大島本に『此段「或本在之」トシテノセタリ』とあり、他本から転写であるので、この段なしとした。この記述は大島本が増補された経過を説明するものとして、重大な意味を持つ。折句の歌を含むいくつかの章段が増補されたとの証拠となるであろう。

15、定（百二十四段）大（同段）

ほぼ同じ、折句成立。

以上、まとめると、15段16首のうち

○折句（沓冠も含む）成立　11段
○沓冠のうち、どちらか不成立　0段
○折句不成立（二首のうち一つ不成立）　1段
○章段そのものがない　3段

不成立なのは、大島本九十四段の二首あるうちの女の歌のみである。この点からは、大島本も、塗籠本も不成立は一首ずつと同じである。但し、大島本の方が歌の語句の揺れが多いようである。この九十四段の場合も、折句が成立しないのは、春と秋とが入れ替ったためである。定家本の「千ゞの秋」と大島本の「千ゝの春」とはどちらが古い形であろうか。「秋」ならば折句は成立するが、「春」ならば不成立である。

私はこの歌は定家本の方が歌物語として良いと思う。男の「秋の夜は春の日を忘れてしまうものなのですね」の問いかけに、「その通りです。春なんか値うちもありませんよ」では、「こあるなかなりければ、こまかにこそあらねど、時〲ものいひをこせけり」とあり、交流がある仲なので、あまりに冷淡すぎる感がある。「いやいや、春が一番ですよ」の方が、女の細やかな配慮が感じられよう。さらに歌の表現として、第四、五句は両者共通して「紅葉も花もともにこそ散れ」とあり、もし大島本の「千ゝの春」ならば当然「花も紅葉も」とした方が順序として自然であろう。広本系でこの本文を持つ本もある。この変更は、定家本の「千ゞの秋」が古い形であったことを示すものであろう。この章段は、男女がそれぞれ折句の歌を贈答し、すぐれた歌物語となっているると思うのだが、大島本の作者は折句に気付かなかったのであろう。但し、この作者（増補者としてもよい）は、折句に無頓着かと言うとそうではなく、四十四段などの後文（地の文）の詳しさを見ると、この段の折句に気付いていたと思われる。

次に、章段そのものがない点について検討する。定家本（天福本）にあり、大島本にない章段は五つある。

百十五、百十六、百十七、百十八、百十九

以上である。傍線を施したのは折句の歌を含む章段であり、これが三つあり、折句と増補との関連が窺える。

定家本にあり、塗籠本にない章段は、

○二十六、○三十二、○三十九、○四十六、○五十五、○六十七、○七十七、○九十四、○百一、百十六、百十七（傍線は折句の歌の章段）

これら十一章段であるから、このうち、大島本は九章段をすでに持っていたことになる（○印）。ここで、逆に定家本にない章段をみると、塗籠本（B段＝七段）、大島本（A段、八十一段を二つに分割）のそれぞれ一章段のみである。三者の総章段数を比べると、多い順に定家本百二十五段、大島本百二十一段、塗籠本百十五段となる。

これらの総章段数の差はなぜ生じたのであろうか。先述したように塗籠本の章段が少ないのは、編纂者の恣意的な大幅な選別や、章段の大きな脱落があったとは考えにくい。とすれば、定家本、大島本に増補された章段があり、これまで縷縷述べてきたように、その増補には折句の歌を含む章段を加えるとの基準があったのは明らかであろう。

先述したように、大島本の百十八、百十九段には『此段「或本在之」トシテノセタリ』とあり、大島本の増補者は、他本にこれらの章段があるのを見て転写している。百十八段は折句を含まないが、百十九段は短い章段ながら、この段の歌は物名の歌であり折句の歌でもある。しかも読者への謎かけもあるというすぐれた章段と思われる。

それでは大島本の増補者が見た本とはどのようなものだったのだろうか。百十八段の「玉かつら」の歌は、古今集巻第十四　恋四にあり、第四句は「たえぬ心の」と「たえぬことのは」の異本が存在している。定家本は前者、大島本は後者を採用しているので、大島本のある本とは非定家本系であった可能性が高い。百十九段に関しては、定家本（天福本）と同一内容だが、他本との差異は些少なのでこれだけで、定家本系からの転写とするのは無理である。「ある本」は同一本の場合と別々の場合も考えられるが、現時点では不明とするしかなかろう。どちらにしろ、大島本もある本も共通して、百十五（物名歌の段）、百十六（折句の段）、百十七（折句の段）の三段については持っていなかったことになる。

このうち百十五段についてであるが、折句の歌の段と同様に成立が遅れたことが分かる。眞名本にはこの章段がなく、広本系にも欠くものがあったり、越後本、小式部内侍本からの転写とするものもある。これらは、百十五段の成立が遅れたことを示すと思われる。この章段の歌は、古今集墨滅歌として、その詞書は「をきの井　みやこじま」とあり、作者は「をのゝこまち」である。この歌はたとえ墨滅歌であっても小町の物名歌として広く知られていたであろう。業平と小町とは当時名高い歌人であり、この美男、美女を結ぶ物語がささやかれていたであろう。伊勢物語の二十五段などは、業平と小町の歌の贈答（但し、主人公は男と女）を設定するなど、この両者を結びつけようとする気運に触発されて構想されたと思われるのである。塗籠本には、この百十五段は存在するが、章段の配置が他本系と著しく異なり、前半部（十六段）となっている。塗籠本は後からの増補が少ない本ではあるが、これなどは、後の挿入と認められると思う。

このほか、物名歌を含む章段ではないが、他本と著しく章段の配置が異なるものがある。それは塗籠本七十六段（定家本では百十四段）であり、これなども増補されたものであろう。塗籠本は七段、十六段、この七十六段も同一テーマ、似たような章段の後に組み込む傾向が認められる。このことは福井貞助氏も『伊勢物語生成論』で「この本はとかく類似の内容の章段を並べようとする意図が他本に較べてかなり顕著である」と述べられている。

なお、この他に物名歌が追加されたと思われる例を紹介したい。それは二十段の後半部である。男の歌「君がため」に答えた、女の歌の部分である。女の歌「いつの間に」の歌の第五句「春なかるらし」には、「知らるかな」が隠されており、これは物名歌となっているのである。この後半部が、古本系の「傳慈鎮筆本には欠けている。このことは池田亀鑑氏（前出「研究篇」P三二八）がすでに指摘している。私はこれは脱落などではなく、他本は早い成立段階で増補を受け、傳慈鎮筆本はその以前の古い形を留めたものであると思うのである。

最後に大島本の増補に関する対応について述べてみたい。

大島本が他本から章段を取り入れた際に、他本に合わせて既存の章段を手直しするというのは少なかったと思われる。定家本と大島本との歌の揺れがあっても、一方が他方に合わせようとはしていない。そこには、わが伝本こそ古態を伝えるとの誇りが感じられる。先述したが、定家本と大島本では、「春と秋」とが入れ替っているが、広本系の神宮文庫文では、大島本の「千々の春」を生かして、四句を「花も紅葉」としている。これなども、一部改変しながらも、独自性を保つ姿勢が感じられる。

定家本にあり、大島本と塗籠本にない共通する章段は、百十六、百十七段の二つのみであり、これらは共に折句の歌を含む章段である。ここにも、折句と増補との深い関連があることの証となるであろう。

以上、定家本、塗籠本、大島本の折句を検討し、増補との関連を述べた。

三　伊勢物語と地名　その遊戯性

伊勢物語の地名には、特別な意味を持って物語と関わるものがあり、その工夫と遊戯性を徐々に明らかにしていきたい。

一、六段

（1）

（本文）

A　むかし、おとこありけり。女の、えうまじかりけるを、としをへて、よばひわたりけるを、からうしてぬすみいでゝ、いとくらきにきけり。あくたがはといふ河をゐていきければ、草のうへにをきたりけるつゆを、「かれはなにぞ」となんおとこにとひける。ゆくさきおほく、夜もふけにければ、おにある所ともしらで、神さへいといみじうなり、あめもいたうふりければ、あばらなるくらに、女をばおくにをしいれて、おとこ、ゆみ・やなくひをおひて、とぐちにをり。「はや夜もあけなん」と思ひつゝゐたりけるに、おに、はや、ひとくちにくひてけり。「あなや」といひけれど、神なるさはぎに、えきかざりけり。やう

〳〵夜もあけゆくに、見れば、ゐてこし女もなし。あしずりをしてなけども、かひなし。
しらたまか　なにぞと人のとひし時
つゆとこたへてきえなましものを

B　これは、二条のきさきの、いとこの女御の御もとにつかうまつるやうにてゐたまへりけるを、かたちのいとめでたくおはしければ、ぬすみて、おひていでたりけるを、御せうとほりかはのおとゞ・たらうくにつねの大納言、まだ下らうにて、内へまいりたまふに、いみじうなく人あるを、きゝつけて、とゞめて、とりかへしたまうてけり。それを、かくおにとはいふなりけり。まだいとわかうて、きさきのたゞにおはしける時とや。
（本文は『伊勢物語全評釈』竹岡正夫氏著による。但し、AとBに本文を分けたのは筆者）

この六段は、鬼一口の物語として有名な章段である。男は、女のもとへ何年も通うが、結婚できそうもないので、女を盗み出す。やっとのことで連れ出すが、大変暗い所までやってきた。芥川という河のほとりまで逃げて来ると、女は草の露を見て「あれは何ですの。」と男に尋ねる。男は答える余裕もなく、行先も遠く、夜も更けたので、鬼が住んでいる所とも知らないで、雷雨を避けるため荒れはてた蔵に女を入れて、戸口で見張っているが、夜が明ける前に、女は鬼に一口で食べられてしまう。夜も明けてゆき、男はこれに気付くがどうにもならない。男は「白玉か…」の歌を詠む。ここまでがA部のあら筋である。

B部では事の真相が明かされる。連れ去られた女は後の二条の后（この時点では若くてただ人であった）で、鬼に食べられてしまったのではなく、実は兄たちが泣いている女（妹）を見つけて救出したとする。このB部はA部と矛盾する所があり、後からの増補とする説が有力である。伊勢物語の文章は簡潔なため、もの足らないとする読者が書き加えたくなるような読者参加型の文章なのである。

六段の最初に戻り検討していく。この歌物語は、女を盗み出すとあるから掠奪婚を扱ったものである。ただ掠奪婚と言っても、いろいろなタイプがある。この場合は、「としをへて、よばひわたりける」とあるから、女の側も承諾の上のことと思われる。女が拒絶するような様子は、文中に見い出せない。

女を盗み出した男は「芥川といふ河」まで連れて行く。六段で唯一の地名（川の名）である。ここの芥川は奇妙である。この六段が歌物語として語られていたら、ここまで来て聞き手はどっと笑ったに違いない。文章として読んだとしても、読者は思わず吹き出してしまったろう。なぜ「芥川」なのかという視点が今日までの研究には欠けていたように私には思われるのである。やっと連れ出した先が芥川とは。芥川はゴミ川、ドブ川の意味があり、愛する男女の逃避行にふさわしくない川である。勿論、作者は承知していて、「ある川のほとり」でも、「加茂川のほとり」でもなく、「芥川」を舞台として設定したのである。

この芥川の所在地について『全評釈』（前出）は、古来諸説があるとして、次の四説を挙げている。

（1）京都一条から内裏に流れ入り、二条で流れ出る大宮川説
（2）摂津国三島郡（現、高槻市）の芥川説
（3）芥の多く捨てられた野に近い川という説
（4）虚構の川とする説

以上の四つであるが、B部の「内へまいりたまうに」を重視すれば、都内であることは明らかであるから（1）となろう。B部は増補されたので考慮外とすれば（2）となろう。摂津国の芥川は『古代地名大辞典』によれば、

「当地および当地を流れる芥川は多くの和歌に詠まれている。当地は、平安貴族の遊覧地でもあり、都人に親しまれた地である…」（一部抽出）

とあり、当時の貴族たちは、「芥川」と言えば、この摂津国の芥川を思い浮かべたことであろう。

又、この芥川の「あく」が「飽く」に通じることから、

人を疾《と》くあくた川てふ津の国の
なにはたがはぬ君にぞありける（大和物語百三十九段）

このように、詠まれた地であるから、女を連れ出す地として適していないであろう。『全評釈』の挙げた四説については、AとB部に矛盾があり、どちらか決めかねる。

この作品を一体化したものと見た場合、（4）虚構の川とするのがよいと思われる。

これらどの説を採るにしろ、芥川には二重の意味で連れ出す場所として適していないことを述べたが、もう一箇所、ユーモラスな所がある。芥川に続く文で、

草のうへにをきたりけるつゆを、「かれはなにぞ」となんおとこにとひける。

いかに高貴な女性とは言え露を知らないなどとは考え難い。しかし、この記述がないと、男の「しらたまか…」の歌に結び付かない。ここも重要な伏線の一つなのである。

これらのユーモラスな場面から、一気に緊迫した場面へと転換する。男は女を「あばらなるくら」に入れて、戸口で見張っているが、夜の明ける前に鬼に一口で食われてしまう。夜もようやく明けてゆく頃、見れば女はいない。ここで重要なのが「あばらなるくら」である。これも作者の工夫であり、単に「あばらなる家」などでは効果が薄い。続く本文はこうある。

あしずりをしてなけども、かひなし。

この後に、男の「しらたまか」の歌が続く。「あしずり」については、辞書によっては「足を地にすって、はげしく悲しみ嘆くこと」などとあるが、これは誤りである。『全評釈』などが指摘しているように、足と足とをこすり合わせる動作、両足をすり合わせる動作で悲しみを表わすとするのが正しい。なぜこれを問題とするかと言うと、この動作が、川や海で貝を探る動作と似ており、続く文「かひなし」や「しらたま」と関連するからである。

なお「足ずり」が、「貝をさぐる動作」と関連することは、次の文などによって見い出すことができよう。

かくたばかれて逃しつれば、手を打ちてねたがり、足摺りをして、いみじげなる顔に貝を作りて泣きければ、弟子の醫師どもはひそかにいみじくなむ笑ひける。

（今昔物語集巻二十四　女、醫師の家に行き、瘡をなほして逃げし語「角川文庫文」佐藤

謙三氏校註による)

この文の「貝」は動物の貝ではなく、「べそをかく」ことであるが、貝の形をすることには変わりなく、「足ずり」と「貝」との関連は認められるであろう。

続く男の歌「しらたまか　なにぞと人のとひし時つゆとこたへてきえなましものを」も、貝との関連があろう。貝の住まない川には白珠、真珠などあろうはずもなく、場違いな質問と言えよう。但し、実際の女の問いかけは、「しらたまか」と尋ねたのでなく、草の上の露を「かれはなにぞ」と聞いている。女が初めから「しらたまか」と尋ねたとしたら、後の男の歌が生きてこないので、このような問い方になったのであろう。又、男は先を急いでいて、この女の問に答えていないが、「これは露ですよ」など答えていたら、男の歌がつまらなくなってしまうであろう。

さて、なぜ作者は芥川をこの物語の舞台に選んだのであろうか。不気味な雰囲気を演出したいのなら、別にいくらでもあったであろう。しかし、作者は「芥川」にこだわったのである。作者にはこの地名に特別な意味を持たせて作品に奥ゆきを出している。伊勢物語にはこのような地名(地名とは言えない場も含む)が見い出されるのである。

私案を述べよう。本文「あしずりをしてなけども、かひなし。」とあるが、この「かひなし」は四重掛詞になっている。

1、甲斐がない。

2、貝がない。ここは芥川であるからである。ゴミ川、ドブ川には貝はいない。これを引き出すために芥川でなければならなかったのである。
3、骸《かひ》がない。死骸がないのは鬼に一口で食べられてしまったためである。もし血痕や体の一部でも残っていたら、B部のような展開にはならなかったはずである。この点については後に述べる。
4、穎《かひ》がない。穎とは穂のままの稲、実がついた穂先のことで、当時の米穀を貯蔵する形である。ここはあれた蔵であるから、稲穂がないとするのである。
これらを成立させるために、作者は芥川やあばらなる蔵を設定したのである。あれた蔵は雷雨からの緊急避難として理解できる。芥川にも不吉な男女の道行きを暗示すると同時に、四重掛詞の一翼を担っていたのである。作者がわざわざ「芥川」の地に舞台を設定したのはこのためであったと知るのである。ここは地の文であるが、このような多重掛詞の例を私は知らない。今まで指摘されているのは三重掛詞で、竹取物語の最終部分「ふし」の山は、1「富士」山、2「不死」、3「富士」士が多い　の意味がある。

物語の祖である竹取物語は三重掛詞、それを引き継いだ伊勢物語は四重掛詞を用意したのである。

（2）

続いて、これとよく似た説話を検討したい。

今昔物語集（本朝世俗部上巻、巻第二十七）
〈在原業平の中将の女、鬼に食はれし語　第七〉

今は昔、右近中将在原業平と云ふ人ありけり。いみじき世の好色にて、世にある女の形うるはしと聞くをば、宮仕人をも人の娘をも見残すなく、数を盡して見むと思ひけるに、或人の娘の、形、有様世に知らずめでたしと聞きけるを、心盡していみじく懸想しけれども、「やむごとなからむ聟取をせむ。」と云ひて、親どものいみじくかしづきければ、業平の中将、力なくしてありける程に、いかにしてか構へけむ、かの女をみそかに盗み出してけり。それに忽ちに隠すべき所のなかりければ、思ひわづらひて北山科の辺に、旧き山荘の荒れて人も住まぬがありけるに、其の家の内に大きなる校倉《あぜくら》ありけり。片戸は倒れてなむありける。住みける屋は板敷の板もなくて、立ち寄るべきやうもなかりければ、此の倉の内に畳一枚を具して、此の女を具して ゐ行きて臥せたりける程に、にはかに雷電霹靂してのゝしりければ、中将、太刀を抜きて、女をば後の方に押し遣りて、起きゐてひらめかしける程に、雷も漸く鳴り止みにければ夜も明けぬ。然る間、女声もせざりければ、中将、怪しむで見返りて見るに、女の頭の限りと着たりける衣どもとばかり残りたり。中将、あさましく怖ろしくて、着物をも取り敢へず逃げていにけり。それより後なむ、此の倉は人取りする倉とは知りける。然れば雷電霹靂にはあらずして、倉に住みける鬼のしけるにやありけむ。

されば、案内知らざらむ所には、ゆめ〳〵立ち寄るまじきなり。況むや宿りせむ事は思ひかくべからずとなむ語り伝へたるとや。

（角川文庫本、前出。但し、一部の漢字を新字体に改めた、筆者）

この説話と伊勢物語六段とは大変よく似ている点が多く、平安時代中期以降既にこのような説話が流布していたと思われる。今昔物語は十二世紀初期の成立とされているから、伊勢物語からの影響もあろう。

ここでは両者の相違点に焦点を当てて述べることにする。

1、まず、地名や場所であるが、六段では芥川とあばらなる蔵で、今昔は北山科と旧き山荘内の校倉である。倉の方は同じようなものと考えてよい。芥川と北山科とではどちらが妥当か。伊勢物語はA、B部で矛盾があり、何とも言い難いが、B部のようにもし都の内から女を盗み出したとした場合、あまり遠くは行っておらず、たまたま参内途中の兄たちに救出されることになるが、これは相当無理な設定である。この点で今昔の方が自然な話の運びと言えよう。但し、「北山科」には「芥川」に込められたような特別な意味は見い出せない。

2、次に鬼の場面である。六段では丸ごと全部食べてしまうが、今昔は頭部と衣は残されている。今昔物語にはこの七話に続いて、八、九話と鬼に食われた話が続くが、それぞれ「足手」とか「血肉や髪などが付いた頭部、その他血痕」などが残されている。今昔のように何か証拠がなければ、鬼に食われたのか、逃げられたのかは判断できないであろう。もし、何か体の一部でも残っていれば六段のB部、無事救出は成立しない。もともとは、男が女が鬼に食われたという確信するに足る記述があったかも知れない。B部が増補されたとした場合、ただ文章を付け加えるだけでなく、証拠隠滅を図った可能性は大であろう。

3、最後は、男の「しらたまか」の歌や、「かれはなにぞ」などの会話が六段にはある。伊勢物語は歌物語だから当然だが、今昔の方は男女の交流が感じられない。六段では女を失った男の悲しみが伝わってくるが、今昔は、男の恐怖心が強調され、最後に教訓めいた結語が付いている。

以上、三点を挙げたが、これらは、伊勢物語の持つ言語遊戯性と、今昔物語の現実的な写実性との違いと言えよう。

二、九段

（1）

（本文）

A　むかし、おとこありけり。そのおとこ、身をえうなき物に思ひなして、「京にはあらじ。あづまの方にすむべきくにもとめに」とてゆきけり。もとより友とする人ひとりふたりしていきけり。みちしれる人もなくて、まどひいきけり。みかはのくにやつはしといふ所にいたりぬ。そこをやつはしといひけるは、水ゆく河のくもでなれば、はしをやつわたせるによりてなむやつはしといひける。そのさはのほとりの木のかげにおりゐて、かれいひくひけり。そのさはにかきつばたいとおもしろくさきたり。それを見て、ある人のいはく、「かきつばたといふいつもじをくのかみにすへて、たびの心をよめ」といひければ、よめる、

　から衣きつゝなれにしつましあれば
　　はる〴〵きぬるたびをしぞ思ふ

とよめりければ、みな人、かれいひのうへになみだおとして、ほとびにけり。

B

ゆき〳〵て、するがのくにゝいたりぬ。うつの山にいたりて、わがいらむとするみちは、いとくらう、ほそきに、つた・かえではしげり、物心ぼそく、すゞろなるめを見ることゝ思ふに、す行者あひたり。「かゝるみちは、いかでかいまする」といふを、見れば、見しひとなりけり。京にその人の御もとにとて、ふみかきて、つく。

　するがなる　うつの山べのうつゝにも
　　ゆめにも　人にあはぬなりけり

ふじの山を見れば、さ月のつごもりに、雪いとしろうふれり。

　時しらぬ山は　ふじのね　いつとてか
　　かのこまだらにゆきのふるらん

その山は、こゝにたとへば、ひえの山をはたちばかりかさねあげたらんほどして、なりはしほじりのやうになんありける。

C　ゆきゝて、武蔵のくにとしもつふさのくにとの中に、おほきなる河あり。それをすみだ河といふ。その河のほとりにむれゐて、「おもひやれば、かぎりなくとをくもきにけるかな」とわびあへるに、わたしもり、「はや、ふねにのれ。日もくれぬ」といふに、のりてわたらんとするに、みな人、物わびしくて、京に、思ふ人なきにしもあらず。さるおりしも、しろきとりの、はしと、あしとあかき、しぎのおほきさなる、みづのうへにあそびつゝいをゝくふ。京には見えぬとりなれば、みな人見しらず。わたしもりにとひければ、「これなん宮こどり」といふをきゝて、

名にしおはゞ　いざ事とはむ　宮こ鳥
　わがおもふ人はありやなしやと

とよめりければ、舟こぞりてなきにけり。

（本文は『全評釈』による。段落等、一部改めた箇所がある。A等の段分けも筆者による）

この九段は、「東下り」の段として、伊勢物語を代表する章段である。男は住むべき国を求めて東国にやってくる。新天地を求めて旅立ったにもかかわらず、男たちは遠くの都を思って涙ぐむばかりである。しかし、重苦しい内容ではなく、数々のユーモラスな場面、言葉あそび、言語遊戯性に富んだ章段なのである。

例えば、『日本のユーモア２古典・説話篇』（織田正吉氏著）は、「かきつばた」の折句等を述べた後に、九段の数字遊びについて、

文章の簡潔さが『伊勢物語』の特徴といってよいかと思われるが、『古今集』の詞書に比較して『伊勢物語』のこの段の文章のくどさはどうであろう。そのくどさは多分に「八橋といふところにいたりぬ。そこを八橋といひけるは、水ゆく河の蜘蛛手なれば、橋を八つわたせるによりてなむ、八橋といひける」という「八橋」あるいは「八つ」という「八」の繰返しによっている。

「八」はここで四度も繰返されており、それは「ひとり」「ふたり」「三河」と「五文字」のあいだに置かれている。『古今集』の詞書に「ひとり」「ふたり」「三河国」「八橋」「五文字」と数詞を含む名詞がたまたま一二三八五の順に並んでいるので、「八」を四度繰返すことにより、一二三四五としたのであろう。

以上、識田氏の文章を長々と引用させていただいた。伊勢物語は簡潔な文章だが、遊び心も忘れてはいないのである。この点に関しては、識田氏に同意できる。が、「八」が四度繰返されているから、四を示すとするがそれだけだろうか。

これでは、「八」が何回も繰り返された意味が生きてこない。八橋がこのように強調されるのは「から衣…」の歌に沓冠があることとの暗示がある。（拙文「伊勢物語の物名歌について」参照）

私は「くも手」と「八橋」の間に、別の関連があると思う。くもの手は足とは区別が難しく、くもの手足は八本であるから、「八はし」は「八あし」であると洒落ていると思われる。さらに、くもの胴には左右に四本ずつの手足がついている。八はくもの手足を示しているのではないか。

こんな所にも作者の遊び心が隠れていると思われる。伊勢物語は章段によっては言語遊戯性に富んだ物語なのである。

さて、九段が「東下り」の章段として広く知られていることは先述した。この男を在原業平と比定し、実際に彼が東に下ったことがあったか等の議論もされている。しかし、これら従来の把握から別のところに「東下り」は存在していたのである。これから九段の持つ遊戯性と新しい解釈を徐々に述べていきたいと思う。

（2）

続いて章段の構成について述べると、九段はＡＢＣの三段に明確に分かれる。

Ａ　むかし、おとこありけり。～

（結び）かれいひのうへになみだおとして、ほとびにけり。

Ｂ　ゆき〳〵て～

（結び）なりはしほじりのやうになんありける。

Ｃ　ゆき〳〵て～

（結び）舟こぞりてなきにけり。

Ａは京を出発して、三河の国八橋の場面、Ｂは駿河の国宇津の山の場面、Ｃは武蔵の国と下総の国との間にある隅田河とに分かれる。これら三段の結びは、「落ち」になっており、誇張による笑いの落ちである。Ａの乾飯は少量のなみだではふやけない。Ｂの塩尻については、これを富士にたとえるのは誇張であろう。又、ここでは、富士山を比叡山と比べているから、これら雄大で神聖なものを、卑小、卑猥なもの、塩尻への降下の笑いとも言えよう。Ｃの「舟こぞりてなきにけり」は舟全体が泣いてしまった意味であり、悲しみのあまり舟も泣いているのである。舟も水に漬かれば濡れるが、これを泣いていると見立てたのである。塗籠本では「舟」を「舟人」とするが、これではこの誇張が生きてこない。これら三者の「落ち」にはもう一つ共通点があり、これも作者の工夫と言えよう。それは「薄い塩水」である。ＡＣはなみだ、Ｂは海水であるから、このような工夫は、作り物語の祖とされる「竹取物語」に前例がある。この伝統を伊勢物語も受け継いでいると言えよう。

簡単に「竹取物語」の例を挙げると、

1　石作の皇子　はぢをすつ
2　倉持の皇子　たまさかに
3　右大臣阿部御主人《みうし》　あへなし
4　大伴御行《みゆき》の大納言　あなたへがた
5　中納言石上磨足《いそのかみのまろたり》　かひなし　かひあり

このうち、３阿部御主人の「あへなし」が氏名を使った洒落であるが、他の四つはかぐや姫の難題（宝物）に関するもので統一されている。最後の求婚者である帝も富士山で不死の薬を焼くから、これも宝物で落ちを付けていると言えよう。

（３）

次に九段の成立について述べる。ＡＢＣ三段のうち、ＡＣは早く成立し、Ｂ部は後補されたとする説が有力である。ＡとＣとは古今集に同じような詞書を伴った歌があり、Ｂについては、小式部内侍本にこの一部が別に独立して伝わっているので、Ｂ部は増補されたとするのは肯定できよう。（古今集と小式部内侍本の部分は後に掲げる。）

片桐洋一氏（『鑑賞日本古典文学・第五巻伊勢物語・大和物語』）は、Ｂ部を二つに分け、その前半部「駿河なる」の歌までの部分の評解で、ここは後補の部分らしいとし、三つの理由を挙げている。第一は、大島家旧蔵伝為氏筆本の末尾に付加された小式部内侍本では、九段とは独立して存在している。第二は、九段では「御もとに」とあるが、小式部内侍本では「御」が付いていない。九段の位置に置いたときに「御」を付ける必要が生じたのであろう。第三に、「駿河なる」の歌は業平の作風と合わず、『西本願寺忠岑集』に類歌があるように古今集撰者時代以後の作であろう、以上要点のみをまとめた。

さらに、片桐氏はＢ部の後半部「富士山を見れば」から「なりは塩尻のやうになむありける」

について も、「この部分はいわゆる第二次『伊勢物語』に属すると見られる。」と述べている。

この見解のうち、ＡＣ部が先にあり、Ｂ部が後の増補とすることに異論はないが、一部賛成できかねる点がある。まず段分に関して、片桐氏は、この『鑑賞古典文学』本では、Ｂを二分して評解を加えているから、四段分けが相応しいと考えているようである。又、『全評釈』では、その「評」で、次のように述べている。

この九段は、一般に言われているように、（１）八橋の段、（２）宇津の山べの段、（３）富士山の段、（４）都鳥の段の四段から成っている。

以上である。この九段は通説は四段分けとなっているようだが、先述したように言語遊戯的な「落ち」から見て、三段が相応しいと思われる。四段に分けるのは、Ｂ部の有機的な意味を捉えきれていないのである。（この点は後に詳しく述べる）

次に、片桐氏の言う小式部内侍本では九段とは別の形で存在していたとする点である。別の形で存在しているのはその通りであるが、現伊勢物語とは大部違う部分もあり、なぜ変容されたかの成立過程は明らかでない。たとえ、この小式部内侍本の部分を利用したとしても、なぜ「なかそらに…」の歌が除外され、Ｂ部の後半の「時しらぬ…」の歌が必要とされたのか。とりわけこの歌の入れ替えは重要と思われ、これが合理的に説明されねばならないと私には思われるのである。

古今集、小式部内侍本の該当する部分を挙げ、検討していく。

a　あづまの方へ、ともとする人ひとりふたりいざなひていきけり。みかはのくにやつはしといふ所にいたれりけるに、その河のほとりにかきつばた、いとおもしろくさけりけるをみて、木のかげにおりゐて、かきつばたといふいつもじをくのかしらにすへて、たびの心をよまんとてよめる　在原業平朝臣

唐衣きつゝなれにしつましあれば
　はるばるきぬるたびをしぞおもふ

（『日本古典文学大系』佐伯梅友氏校注による。古今集巻第九　羇旅哥410）

b　むかしおとこすゝろなるみちをたどりゆくにするかのくにうつのやまくちにいたりてわかいらゝとするみちにいとくらうほそきにつたかへてはしけり物こゝろほそくおもほへてすゝろなるめをみる事と思ふにすきゆくにさしあひたりかゝるみちにはいかてかいまするといふをみれはみし人なりけり京にその人のもとにとてふみかきてつく

なかそらにたちゐる雲のあともなく
　身のいたつらになりぬへきかな

とてなんつけゝるかくておもひゆくに

するかなるうつみの山のうつゝにも
　ゆめにも人にあはぬなりけり

とおもひゆきけり

（『伊勢物語に就きての研究　補遺篇　大津有一氏編』大島氏旧蔵伝為氏筆本による）

c

むさしのくにと、しもつふさのくにとの中にある、すみだがはのほとりにいたりて、みやこのいとこひしうおぼえければ、しばし河のほとりにおりゐて、思ひやればかぎりなくとをくもきにける哉と思ひわびて、ながめをるに、わたしもり、はや舟にのれ、日くれぬといひければ、舟にのりてわたらんとするに、みな人ものわびしくて、京におもふ人なくしもあらず、さるおりに、しろきとりの、はしとあしとあかき、川のほとりにあそびけり。京にはみえぬとりなりければ、みな人みしらず、わたしもりに、これはなにどりぞととひければ、これなん宮こどりといひけるをきゝてよめる

名にしおはばいざことゝはむ宮こどり

わが思ふ人は有りやなしやと

（古今集巻第九　羇旅哥411）

双方を比較して見ると、古今集ａには、

1、冒頭文「むかし、男ありけり」と、その結び「ほとびにけり」の「落ち」がない。これは、ａは歌の詞書であるから当然のことと言える。

2、「ともとする……いざないて」とあり、友人を誘って行ったのであろう。Ａの「身をえうなきものに思ひなして、」「京にはあらじ」とする悲愴感がない。

3、三河国八橋（現在の愛知県知立市八橋町――『古代地名大辞典』による）の地名は共にあるが、「くもで」などの記述はない。但し、数字が近接して現われるので「一、二、三、八、五」の遊び心は伝わる。

4、Aは「歌を詠め」とあるが、aは自らの意志で詠んでいる。即興性からはAの方が効果的であろう。

続いて、古今集cでは、

1、段の冒頭文「ゆき〳〵て」と、その結び「舟こぞりて…」の「落ち」がない。

2、都鳥の描写がCがやや詳しい。

以上A部に比べてC部の差異はきわめて少ないと言えるだろう。

次はB部に移る。

1、B「ゆき〳〵て」と前部分を受けるが、b「むかし」で始まる。これはbが冒頭文のためである。

2、B「うつの山」なのに対し、bは「うつの山口」とあるが、双方とも「わが入らむとする道」との記述があるから、大差ないと言えよう。

なお、『古代地名大辞典』は、「うつやのごう　内屋郷」の項に、平安期に見える郡名で、現在の静岡市宇津ノ谷・丸子・鎌田付近に比定されるとある。この宇津峠から約六〇km北東に富士山があり、当然のことだが旅人の目に映ったであろう。

3、b「すきゆくにさしあひたり」は誤写で「すきやうさ」（修行者）が正しいと思われる。

4、B「その人の御もと」b「その人のもと」敬語の有無。但し、塗籠本では「もと」とある。
5、託した歌B「するがなる」に対し、b「なかそらに」で大きな相違がある。
6、Bは「ふじの山を見れば…」から、結びの「しほじりのやうになんありける」があるが、bはこれらを欠く。Bは「なかそらに」の歌を欠く。
7、b「するかなる」の歌の第二句「うつみの山の」は地名が合わず、誤写と思われる。B「うつの山べの」が良い。

以上、三者を比較したが、古今集ａｃの差異は少なく、特にｃはほとんど同じと言って良いほどである。これからＡＣ部が初めにあり、その中間にＢ部を挿入したことは想定できる。但し、小式部内侍本にあるｂ部がＡＣ部と独立して存在していたとしても、これを単に利用し、さらに富士山の場面を追加して九段を組み立てたとすることはできない。ｂ部は地理的にも、主人公の心情にぴったりと適合しているから、そのまま使えよう。しかし、この場合、問題となるのは、Ｂ部の比較部分の5、6であろう。すなわち、伊勢物語九段に「なかそらに…」の歌がなく、なぜ富士山を詠った歌「時しらぬ…」が添加されたのかの疑問が出てくるであろう。これが解明されねば、九段の成立論は完成しない。

（4）

さて、次になぜこれらの部分が統一されたかの私案を述べたい。現九段は、三河―駿河―武蔵という地域的な流れを辿り、旅の節目となる橋―峠―川の場面を押さえている。その他に、私はこの章段の構成に統一の原理が働いていると思うのである。九段には四つの歌があり、そのうち三首は都を思い、妻を慕う内容であり、残る一首は富士の嶽を詠っている。なぜ、富士の嶽が登場しなければならないのか。又、なぜ、小式部内侍本の「中空に…」の歌でなく、この歌なのか。従来は東下りの途中、富士山が見えたとする。これだけではないと私には思えるのである。この疑問に答えることが、この章段の構成を解明することにつながることとなる。

この疑問を解く鍵は、私は地名にあると思う。九段にはいくつもの地名が使われているが、それらを総括する「東」がキーワードになっていると思う。東は吾妻であり、ここには古事記の東征神話からの連想が働いているというのが私の仮説である。いわば、この昔男のモデルは倭建命と考えられるのである。古事記には次のようにある。

それより入り幸《い》でまして、悉に荒ぶる蝦夷《えみしども》等を言向け、また山河の荒ぶる神等を平和《やは》して、還り上り幸でます時、足柄の坂本に到りて、御粮《みかれひを》食す處に、その坂の神、白き鹿に化《かな》りて來立ちき。ここにすなはちその咋《く》ひ遺《のこ》したまひし蒜《ひる》の片端をもちて、待ち打ちたまへば、その目に中《あた》りてすなはち打ち殺したまひき。故、その坂に登り立ちて、三たび歎かして、「吾妻《あづま》はや。」と詔《の》りたまひき。故、その國を號けて阿豆麻《あづま》と謂ふ。

（岩波文庫『古事記』倉野憲司氏校注による）

ここは倭建命の東征の場面である。倭建命は、父景行天皇にその力強さのゆえに嫌われ、熊曾や出雲を平定するが、帰宮すると重ねて東征を命ぜられる。その帰途、足柄山で、妻の弟橘比賣を偲んで、三たび嘆く場面がここである。
九段と共通すると思われる点は、
1、倭建命は三度「吾妻」と歎いたが、男には「妻を慕う歌」が三首ある。これに該当しない「中空に…」の歌が除外された理由である。
2、古事記の「御粮食《みかれひ》す」は、九段の「かれいひくひけり」に対応している。伊勢物語全体で食事の場面は、この九段と二十三段等数箇所のみで珍しい記述と言えよう。(酒宴は除く)
3、倭建命は「足柄山の坂本に到り」、男は「うつの山の入口」まで来ている。足柄山と宇津の山は、別々の山だが、共に富士山を近くに臨む地であり、共にその入口にいる。九段が宇津の山としたのは、「するがなる…」の歌の「うつゝにも」(第三句)を生かすためだったと考えられる。又、うつの山は、倭建命が火攻めに遭った焼遣《やきづ》、現在の焼津市の近くでもある。
4、倭建命は坂の神の化身である「白き鹿《か》」に突然襲われるが、男は、「修業者」に偶然逢う。修業者は俗人ではないから、白装束か、墨染めの衣を着ていたか。どちらにしろ、白き鹿と対応していよう。
5、古事記の文「その坂の神、白き鹿に化りて…。蒜の片端をもちて、待ち打ちたまへば、その目に中りて…」とあるが、九段にもこれに対応したと思われる文があること。
つた・かえではしげり、物心ぼそく、すゞろなるめをみることゝ思ふに、す行者あひたり。「かゝるみちはいかでかいまする」といふを見れば、
○「つた・かえで」は聖植物であり、聖なる山に入る、又は「修業者」との出会いの先触

れとなっている。
○め—「目」と「芽」の掛詞
○みる—「見る」と「韮《みら》」は音が通じ、「蒜《ひる》」と似た植物である。
○「か」の音を多用して鹿《か》を連想させ、「時しらぬ…」の歌に結びつける。
6、男の歌「駿河なる…」の歌は、そのまま倭建命の心情として通じる。
7、男の歌「時知らぬ…」は、倭建命の出会った坂の神の化身、「白い鹿」を登場させたと考えられること。白い鹿は殺され、化けの皮をはがされたが、「修業者」はそうはいかない。その代用として、富士の嶺は皮をはがされ、「鹿の子まだら」と洒落ていると考えられる。この歌は単なる叙景歌なのではなく、作者は「白い鹿」をどうしても登場させたかったのである。
以上であるが、このような把握ができるとするなら、先に述べた疑問、なぜ四首の中に富士の嶺を詠う歌があるのかは了解できよう。又、小式部内侍本の「中空に…」の歌が脱落した理由も判明する。この歌は、男の妻を慕ぶ歌でもなく、さらに倭建命の心情にも合わないからであろう。

（5）

これら以外にも、倭建命をモデルにしたと思われる点が、男の旅立ちの文からも見い出される。九段の冒頭部は次のようにある。

京にはあらじ。あづまの方にすむべきくにもとめにとてゆきけり。

しかし、男は都を恋しく思うだけで、新天地を求めて行くという意気込みが感じられない。これは倭建命の旅立ちとよく似ていると思われるのである。「父は私に死ねと言うのか」が、倭建命のもらした言葉であり、効をたてても報われないとする心情がある。

さらに、本文の続きは、

もとより友とする人ひとりふたりしてゆきけり。

右の一文にも作者の工夫がある。「もとより友とする」の部分は、「友」「とも」の二つの本があり、「友」なのか「供」なのかの議論もされている。又「ひとりふたり」の部分も二様の解釈ができる。これを倭建命の旅立ちだとしたら、

もとより供とする人ひとり、ふたりしてゆきけり。（訳、もともとからの従者一人と二人で旅立った。）

倭建命は軍衆を賜わることができず、一人の供と旅立っている。このような解釈も可能なように工夫している。古今集a部では文は似ているが、このような解釈は無理である。作者は単に古今集を利用したのではなく、細かいところまで配慮していると言えよう。

以上のことから、昔男のモデルは倭建命と考えられるのである。勿論、古事記との相違もあるが、モデルがすべて似ていなければならないというわけではなかろう。もともと、倭建命はいわば東下りの大先輩であり、この伝承が昔男の東下りに影響していても不思議ではない。伊

勢物語の東下りが、後世の文学に多大な影響を与えたように、倭建命の東征もこの物語に影を落としているのである。倭建命は、古代天皇制社会から疎外され、東征とはいっても、しだいにその猛々しさは失われ、むしろさまよいに近いと言われている。この点、昔男の東下りも同様に、貴族社会から疎外された男のさまよいと言えるのではなかろうか。

三、十段

（本文）

むかし、おとこ、武蔵のくにまでまどひありきけり。さて、そのくにゝある女をよばひけり。ちゝは「こと人にあはせむ」といひけるを、はゝなんあてなる人に心つけたりける。ちゝは、なおびとにて、はゝなんふぢはらなりける。さてなんあてなる人にと思ひける。このむこがねによみてをこせたりける。すむ所なむいるまのこほりみよしのゝさとなりける。

みよしのゝたのむのかりも　ひたぶるに
　きみがゝたにぞよるとなくなる

むこがね、返し、

わが方によるとなくなる　みよしのゝ
　たのむのかりを　いつかわすれん

となむ。人のくにゝても、猶かゝることなんやまざりける。

この章段は、東へ下って行った男に対し、現地の藤原氏出身の母親が、自分の娘の婿にしようと求婚の歌を贈り、男もそれに応じた歌を詠むという内容になっている。母親の歌は、娘を田面《たのも》（頼《たの》むと田面《たのも》は音が通じる）の雁にたとえるなど田舎っぽい。男の歌にしても『全評釈』が指摘するように「いつか忘れんだけが男自身の言葉」であり、「きみが」と「わが」を言い換え、各句の順序を入れ替えただけのものである。この男の歌の手軽さにユーモァが感じられる。

もう一つ、ユーモラスな点がある。それは地名である。この地は、武蔵国入間郡みよしのの里とある。『伊勢物語全釈』（森本茂氏著）に詳説があり、「埼玉県川越市、入間郡坂戸町（現在は坂戸市）か」としている。

私はここで、新しい視点を導入したい。それはなぜ作者はこのように詳しい地名を書き込んだのかという点である。作者はこの地名を意味なく用いたのではあるまい。伊勢物語の地名は、「奈良の京、春日の里」「河内の国、高安郡」などのように「○○国の○○里」のように普通は二段止まりである。十段のように三段地名は三箇所しかない。

1、武蔵の国、入間の郡みよしのの里（十段）
2、和泉の国、住吉の郡住吉の里、住吉の浜（六十八段）
3、津の国菟原郡芦屋の里（八十七段）

2は伊勢物語中、もっとも長い地名（地点も含む）で、地点を含めれば四段地名とも言えるだろう。この場合、もっと簡略にすませることができたが、そうはしなかった。なぜか、答えは簡単である。「住吉」を繰り返すことによって、「この浜のすばらしさ」を強調しているのである。

3については、次に「芦の屋の…」の歌があり、この古歌の詠まれた地を詳しく紹介するためであったろう。

それでは問題の1はどうか。ここも地名の特別な使われ方をしていると思われる。入間は「男がこの場に入っている間」、もっと簡明に「男がこの地にいる間」でもよい。男は貴種とはいえ、この地にさまよって来た者ゆえ、婿取りしようにも渡り鳥のようにいつ飛び立ってしまうか、分からない。藤原氏出身の母親は、自分の娘を「雁」に喩えたが、すばらしい着想であると思う。なぜなら、娘が雁なら、相手の男も雁（仮）になるではないか。母親は男がこの地に定着する者でないことは知っている。それでも妻合わせようとしているのである。「源氏物語」の明石入道にも勝るとも劣らない貴種への執着がある。

「郡」は掛詞で「子欲り」と読める。貴種の子種が欲しいということである。

「みよしのの里」は「見良しのの里」と読め、見た目が良い、すなわち美人の里ぐらいの意味であろう。

これらから、「男がこの地にいる間に、子種の欲しい美人の里」の意味があろう。これも地名を使った言語遊戯の一つなのである。

四、十二段

（1）

（本文）

むかし、おとこ有りけり。人のむすめをぬすみて、むさしのへゐてゆくほどに、ぬす人なりければ、くにのかみにからめられにけり。女をば、くさむらのなかにをきて、にげにけり。みちくるひと、「この野は、ぬす人あなり」とて、火つけむとす。女、わびて、

むさしのはけふはなやきそ　わかくさの
　つまもこもれり　われもこもれり

とよみけるを、きゝて、女をばとりて、ともにゐていにけり。

この章段の地名は「武蔵野」である。女の詠んだ歌は、古今集にあり初句が「春日野は」である。作者はなぜ武蔵野を選んだのだろうか。私はここにも言語遊戯があると思う。男は、女を盗んで武蔵野までやってくる。なぜ武蔵野なのか、それは「蒸さし野」だからである。男と女は、この地で蒸し焼きにされそうになった。古事記の倭建命のパロディとも言えよう。「むさす」は「蒸す」に使役の助動詞「す」が付いた形で、（国司などが）焼かせる野となろう。

（2）

地名については以上だが、この章段の解釈の問題に触れてみたい。

1、ぬす人なりければ、くにのかみにからめられにけり。

この部分で、通説は「盗人なので国司に捕えられてしまった」である。これに対し、竹岡正夫氏（『全評釈』）は、

（法の上では）盗人なものですから、国守に禁固の刑に処せられることになってしまいました。

竹岡氏は「からめられにけり」のうち、完了の「に」（終止形は「ぬ」）は、実際の事態はまだ完了もせず済んでいないで、そういう結果に向かってそうなる、なっていくというような捉え方を表していると解している。この方が話のつながりが良い。国司に捕えられ、女だけ草むらに置いて逃げるのはつじつまが合わない。ここは竹岡氏説を採りたい。

2、みちくるひと、「この野は、ぬす人あなり」とて、火つけむとす。

ここは、「みちくるひと」を「通行人」「国司の役人」の二説があるが、どちらにしても、構想上、無理がある。それは「火を付けた」なら、危険きわまりなく重罪を犯すことになろう。野焼きは、枯れ草をとり除き、新芽の生長を促すものである。害虫駆除のためもあろう。これは時期を定め、大勢の人々の管理下で行われるものなのである。しかし、物語上、女の歌「けふはなやきそ」を生かすためにはこのような展開になったのであろう。野焼きの場面の歌を転用した

ための無理と言えよう。

3、女をばとりて、ともにゐていにけり。

この文は、主体が不明確なため、いくつかの解釈の余地があり、主なものを挙げると次の三説となろう。

イ、男も女も捕えられた。（大津有一氏「日本古典文学大系9」）

ロ、女だけつかまる。（渡辺実氏「新潮日本古典集成　伊勢物語」）

ハ、男も女も逃げ去った。（折口信夫氏「ノート編　第十三巻」）

これらのうち、現代の注釈書の多くはイ説を採っているようである。先に「からめられにけり」で新解を出した竹岡氏もこの意見である。但し、このイ説での欠点は、男が捕えられたのか、逃げたのか明確でない所である。本文「女をばとりて」を「（役人が）女をつかまえて」とするのはよいとしても、「ともに」があるから男も捕えられたとするのは無理がある。

ロ説も『古注』からある解釈で、渡辺実氏は、「伊勢物語」（前出）の頭注で、この段は、筋の作りに難があり解釈を分かれさせているとし、イ説、ハ説ともそれぞれが一理あるが辻褄を合わせるのは無理だろうと述べ、六段と同趣向の創作と見ている。渡辺氏は、この部分を「駈落ちしてつかまり、男と割《さ》かれて連れもどされる女」、六段も「連れもどされる女」を描いたとするのである。このロ説は、イ説に比べると矛盾が少ないように思える。但し、両説とも女の歌「武蔵野は…」が生きてこない点では共通している。この女の歌は、男への愛情表現である。男は自分を置きざりにして逃げて行った。しかし、これを聞いて、男は舞い戻り女の手を取り一緒に逃げたのだった。

ハ説、折口氏のように解釈しないと、女の歌はただ自分の居場所を知らせるだけのものとなってしまうだろう。私としてはハ説を支持したいが、本文「女をばとりて、ともにゐていにけり」の主体が不明確なため断定は避ける。

先に「武蔵野」には掛詞で「蒸さし野」の意であるとしたが、場所が場所だけに、読者を煙に巻こうとしたのかも知れない。

五、十三段

（1）

（本文）
昔、武蔵なるおとこ、京なる女のもとに、「きこゆれば、はづかし。きこえねば、くるし」とかきて、うはがきに「むさしあぶみ」とかきて、をこせて、のち、をともせずなるにければ、京より女、
むさしあぶみ　さすがにかけてたのむには
とはぬもつらし　とふもうるさし
とあるを見てなむたへがたき心地しける。

とへばいふ　とはねばうらむ　ゝさしあぶみ
かゝるおりにやひとはしぬらん

この章段の「むさしあぶみ」とは、武蔵国産の鐙、足を乗せる馬具で、「あぶみ」に「逢ふ身」の意もある。女の歌の「さすが」も馬具で鐙を止める尾錠のことで、ここも掛詞で、鐙をさすがに掛けると、然《さ》すがに掛けるの意がある。

武蔵に住む男が、京の女に手紙を送った。その手紙に「武蔵鐙」と上書きしてあった。なぜこのようなことを書き付けたのであろうか。通説は、「鐙」にあふ身の掛詞があるからして、「武蔵国で別の女性ができました」の意味を表すとしている。

竹岡正夫氏（『全評釈』）は、

男の「聞ゆれば、恥づかし」という文言から、武蔵の国で現地妻のできてしまったわが身の事を、京のもとの妻の耳に入れようとしても顔向けのできぬ思いで、直接に申し上げにくいと言っている心情が了解される。

この説の欠点は、新しい別の女がどこにもでてこないことであろう。たとえ、この男が京出身の男で、任地である武蔵で新しく女を妻としても、京に妻を残してきたのなら、それを自ら報告するだろうか。地方官が赴任する時、妻が同行しなければ、現地妻ができても、何ら問題はない。わざわざ報告することではない。

又、この説では、続く女と男の歌には合致しない。特に「かゝるおりにやひとはしぬらん」

とまで言っている。男にはもっと切迫した心情が感じられるのである。

私案を述べてみたい。「武蔵」には先の十二段で述べたように「蒸さし」「咽さし」の意味が掛詞であると思われる。「くすぶる」「くゆらす」で、男女間で言う「焼け木杭《ぼっくい》」である。「むさしあぶみ」は「焼け木杭」に火がつく恐れの身となろう。

このような解釈ができるなら、新しい女は必要なく、男女の歌とも付合する。

女の歌……問うて下さらないのも（私を）忘れたかと思うとつらい。問うて下さるのも（私にも事情があることゆえ）わずらわしい。

男の歌……（私が）便りを出すと（わずらわしいと）言うし、便りを出さなければ恨む。この男女は今は武蔵と京に別れて住んでいるのだが、元々は夫婦でなんらかの事情で別れ別れになっているのであろう。しかし、互いに相手への愛情を断ち切れない心情を表わしたものであろう。

（２）

もう一つこの章段には作者の工夫、言語遊戯がある。冒頭部分、
きこゆれば、ゝづかし。きこえねば、くるし。
ここを、漢字混じり文で書くと、
聞ゆれば恥づかし。聞えねば苦し。

男の手紙は右のように書かれていたと思われる。ここに、「聞《き》」と「消《き》」の掛詞があると思われるのである。すなわち、「（焼け木杭の火が）消ゆれば恥づかし。消えねば苦し。」となる。これらを口語訳すると、
○お手紙を差し上げるのは、（未練があるのかと思われて）、恥ずかしい。差し上げないのは苦しい。（表面上の意味）
○（あなたの愛情の火が）消えているのなら、このような手紙をいまさら差し上げるのは恥ずかしい。消えていないのならば、（逢うこともできず）苦しい。（掛詞による意味）
このように解釈することによって、それ以後の男女のやり取りがより理解できると私には思われるのである。

伊勢物語には、地の文にも掛詞が認められるのが特徴と思われる。（拙文「伊勢物語の掛詞について」参照）この場合、ひらがな書きと漢字混り文では、大きく違う。
○ひらがなのみ
きこゆれは、ゝつかし。きこえねは、くるし。
○漢字混り文
聞ゆれは、恥かし。聞えねは、苦し。

掛詞の場合、この差が大きいから、ひらがなの方は成立しない。この章段の場合、「むさしあふみ」と上書きし、漢字混り文で記されていたと思われる。手紙の上書きとしては「むさしあふみ」は極めて特殊で、文面にも工夫があったのである。漢字書きのみ掛詞がある例は珍しく、

これまで作者の工夫が発見されなかったのはこのためである。

六、二十三段

（本文）

A　むかし、ゐなかわたらひしける人の子ども、井のもとにいでゝあそびけるを、おとなになりにければ、おとこも女も、はぢかはしてありけれど、おとこは、「この女をこそえめ」とおもふ、女は、「このおとこを」とおもひつゝ、おやのあはすれども、きかでなんありける。さて、このとなりのおとこのもとより、かくなん、

つゝ井つの　ゐづゝにかけしまろがたけ
すぎにけらしな　いも見ざるまに

女、返し、

くらべこしふりわけがみもかたすぎぬ
きみならずしてたれかあぐべき

などいひく〳〵て、つゐにほいのごとくあひにけり。

この章段は、ABCの三段落に分けて考察したい。（但し、Cは便宜上C1とC2とに分けて記載）この二十三段は、「筒井筒」「幼い恋が成就する」歌物語として、伊勢物語の中でも、

九段の「東下り」と並んでよく知られている章段である。ここでも地名が特別な意味を持って巧みに使われている。その地名の役割や、この段の成立、その他の問題についても順次述べてみたい。

（1）Aについて

まず、冒頭文に注目したい。「むかし、ゐなかわたらひしける人の子ども、井のもとにいでゝあそびけるを……」は伊勢物語の書き出しとしては特殊で、文が長いこと、親の職業を示していること、それにもう一つ「ゐ」を強調していると見られることが特徴として挙げられる。ここはもっと簡単に、例えば「むかし、人の子ども、井のもとにいでてあそびけるを……」でも良かったはずである。とすれば、このように詳しく描写した作者の意図があったと思われる。

「ゐなかわたらひしける人」から、検討していく。「田舎渡らひしける人」の意味は、『全評釈』が述べているように、「田舎で暮らしを立ててそこで生きている人」の解が適切であろう。但し、田舎で生まれ育った人のことではないようである。何らか都との深い結び付きが認められる人を言うと思われる。伊勢物語の作者には田舎蔑視の傾向があり、「田舎育ち」の者は教養、品格も一段下がると認識していたようである。これは伊勢物語の作者に限ったことではなく、当時の物語作者の多くに共通する意識である。ここでは特に女主人公の教養、品格の説明のための一文と思われる。この女性は、「髪上げ」をし、歌も詠み、自らの意志を貫き男と結婚した、すばらしい女性として描かれている。このため、単に土着の女性として描くのを避けたのであろう。

　では、「田舎渡らひしける人」とは、具体的にどのような職業なのであろうか。諸説あり定まらないが大別すると、次の二説になる。

1、商人。商人とすれば、都と田舎とを結ぶ運搬業、卸業、小売業を兼ねたある程度の規模の商いを営む者と言えよう。後にふれるが、「大和物語」には、使用人が顔を出しているから、豪商とは言えないまでも、単なる商人ではない。

2、地方官。国司なども都から派遣されて地方で任務に当たるが、このような高位の役人ではあるまい。「枕草子」二十三段の除目の日に職を求めて国司候補の家へ参集する人々が描かれているが、このような下層の者でもないだろう。又、地方出身の「郡司」などは、「田舎わたらひしける人」とは言えないだろう。

　この二説のうち、どちらとも言えないが、もし地方官としたら「目代」あたりが相応と私は思う。但し、公的任用の「目代・さかん」（四等官）ではなく、私的任用の「もくだい」であろう。

『新訂　官職要解』（和田英松氏著、所功氏校訂）には、

　目代　モクダイと読む。国司のうちの目《さかん》とは何も関係がない。もと人の耳目に代わる意で、国の守の代理であるが、別に官により任じたのではなく、国の守が私に置いたものである。されば、子孫兄弟や姪（甥）や家子郎等《いえのころうとう》でもさしつかえないのである。

とあり、行政能力に秀でた者は、国司の依頼を受け、多数地方に下ったであろう。この二十三

段の親たちは、これに類した一員ではなかったかと思われるのである。和田氏によれば、この目代は国司の側近としての立場を利用して、有能な者は相当な実力を持つようになったと言う。もし、このような親がなくなれば、生活の基盤は失われ困窮することになろう。

続いて「ゐなか」について検討する。この「田舎」は、地域を示す語で地名ではないが、私は同様な役割があると認めて地名として扱う。伊勢物語の地名は特別な意味を持って、物語と関わるものがあると述べてきたが、この「ゐなか」もこの物語のキーワードとなっている。このA部で「ゐ」は多用されている。

ゐなかわたらひ　井のもと　つつ井つ

ゐづゝ

作者は「ゐ」を強調している。これは「ゐなか」のゐであり、「居る」のゐであり、動物の「亥」でもある。これは二十三段に登場する地名と対応している。

イ、ゐなか――河内（河のなか）

ロ、居る――立つ（龍田山）――行く（生駒山）

ハ、亥――龍（龍田山）――駒（生駒山）

この他にも

ニ、高し――安し（共に高安）

これらは、すべて地名を使った言語遊戯と言えるであろう。続いて、項を改め、地名との関連を述べる。

（2）Aの歌について

男の歌

筒井つの井筒にかけしまろがたけ
過ぎにけらしな妹見ざる間に

(訳)

筒井の井筒で背くらべをした私の背丈は（井筒の）高さを超えてしまったようです。あなたとお会いしない間に。

このうち、筒井は円く掘った井戸であり、井筒は、井戸の円い囲いで、ゴミや土砂の流入を防ぎ、人間の落下を防止するものである。

古くから、この歌には三つの解釈上の問題点があり、いまだ定説を見ない。この三つを列挙すると、

1、「筒井つの」の「つ」は意味不詳とされる。本によっては、この部分を「筒井筒井筒」するものがあり、同じ音の繰り返しで調子を整えていると言えよう。古く細川幽斎『伊勢物語闕疑抄』は「つゞゐつ」の「つ」は「休め字也」とするから、これも調子を整える特に意味のない語と捉えているのだろう。これはなお不明とするしかないと思われる。

2、「井筒にかけし」の部分に適する解がない。現代の身近な註釈書の多くは、「井筒と背くらべした」と訳している。

例えば、片桐洋一氏『鑑賞日本古典文学第五巻伊勢物語・大和物語』の下註でこの点について、「かけし」は「はかりくらべた」「欠けた」「言いかけた」などの解があるが、「井筒にはかりくらべた私の背丈」と解しておく。

片桐氏も一応通説に従っておく、ということなのであろう。従来、この部分は研究者を悩ました所で、問題は井筒で背くらべができるかどうかなのである。井筒の高さはさまざまであったろうが、低すぎては用をなさないし、高すぎては不便である。このように井筒の高さに限度があるから、子供が直立して計測可能だとすれば、その背丈はきわめて低いと見なければなるまい。（この部分の私案は3と併せて述べる。）

3、

もう一つは、「過ぎにけらしな」の部分で、「超えてしまったようです」の意味だが、これも古くから問題とされている所である。「超えた」なら分かるが、「超えてしまったようです」と推量のことばを使っているのは不可解と言わざるを得ない。註釈書によっては、自分の背丈は自分の目で見られないとか、まだ少年だから超えたかどうかは微妙だからなどと説明しているが、どうだろうか。本文に「おとなになりにければ」とあり、超えたかどうかはすぐに判明すると思われるのである。

なお、私が先年（昭和末年頃か）拝見した三重県の斎宮歴史博物館展示の井筒は、お聞きしたところ、高さ七十一㎝、直径九十㎝（いずれも最大値）板厚二～三㎝とのことであった。これは一例にすぎぬが、井筒の高さはせいぜい大人の腰程度が使いやすいのではなかろうか。いずれにしろ、思春期の少年が超えたかどうか分からないような井筒とは不便であろう。

以上、男の歌に関して、二つ（2・3）の問題点を述べたが、今までこれらを解決する視点を持てなかったのである。ここは地名に注目すれば解けるのである。「ゐ」は田舎のゐで、井戸のゐだが、座るという意味がある。すなわち、本文「井筒にかけし」の部分で、「井筒」と「居つつ」の掛詞があるとすればよいのである。私はこの掛詞は十分成立すると思うのである。解釈は「座りながらに井筒で計った…」となる。子供は地面に腰を下して遊んでいた。井筒に背もたれをして、背くらべをしたのであろう。これまでは、背丈は直立して計るものだとの先入観が「座りながら」の解釈を寄せつけなかったのである。子供にしても井筒は背くらべには低すぎるだろう。そこで座って計ったのである。

ここで「井筒」を「居つつ」の掛詞とする理由をまとめておきたい。

（イ）冒頭文に「ゐ」を強調していると思われる点があること。

（ロ）当時の記録に、「ゐ丈」という話が使われていて、現代の座高と似た捉え方があったこと。

「源氏物語・末摘花巻」で、光源氏が末摘花を見た印象を「まづ、居丈の高う、を背長にみえ給ふに、…」と描写している。末摘花は居丈が高く、胴長の女性だった。

又、「今昔物語集　本朝世俗部上巻」の巻二十七「三善清行の宰相の家渡の語　第三十一」（角川文庫文三八五P）に「女ゐざり出つ。居丈三尺ばかりの女の、檜皮《ひはだ》色の衣を着たり。」とあり、居丈三尺の女とはずいぶん高い。これは「荒れた旧家」に住む異形のもの、鬼などの変化であろう。

この二例とも座っての印象であり、現代の座高の計り方とは若干違う。二十三段の子供の場合、正座などではなく、足を前方に投げ出し、尻を地面に着けての計測と思われるから、現代の座高とより近似していると思われる。

（ハ）「井」と「居」の二つの漢字は、「雲井」「雲居」などのように、まれに互換性があったこと。

（ニ）「井」と「居」との掛詞の例があること。例えば、「大和物語　百十三段」

　もろともに井手の里こそ恋しけれ
　ひとりをり憂き山吹きの花

（ホ）「居つつ」の表現が多くあること。例えば、「万葉集」巻十二（3126）

　巻向の穴師の山に雲居つつ　雨は降れども濡れつつぞ来し

「竹取物語」では、

　なほ月いづれば、いでゐつつ嘆き思へり。

（『日本古典文学全集』による、九六P）

「伊勢物語」では、六十八段

　いとおもしろければ、おりゐつつ行く。

このように「居つつ」は見い出すことができ、ごく普通の表現と思われる。

（へ）万葉集などの「つつ」の表記に「筒」が使われている例があること。

万葉集

1993　見筒恋牟（見つつ恋ひなむ）

2201　紅葉散筒・（黄葉散りつつ）

新撰万葉集では、「つつ」の表記に「筒」を専ら使用している。この集は菅原道真撰とされているから、この頃になると万葉仮名の多様性も薄れつつあったのかも知れない。

以上であるが、当時の知識人は万葉仮名に慣れていたろうから、容易にこの掛詞の存在に気付いたと思われるのである。「筒井つの井筒」の部分を、ある本は「筒井筒井筒」とするが、この方が万葉仮名らしい感じがする。このように座ってならば計測可能であろう。従来はこの掛詞に気付かなかったから、計測時の子供の年齢を引き下げる傾向があった。ところが本文には「おとなになりにければ、おとこも女もはぢかはしてありけれど…」とあり、それまで一緒に遊んでいたのである。又、計測時期だけを引き下げるのも不自然であろう。私案によれば、現在の学齢で小学五、六年生位まで十分可能であると思う。

さらに、残されたもう一つの問題、「過ぎにけらしな」も難なく解けると思うのである。座っての計測ならば「けらしな」という推量のことばは不自然ではない。直立しての計測ならば井筒を見れば、超えたかどうかは直観で分かる。但し、これは特別に高く作った井筒の存在を仮定しての話である。普通の井筒なら、幼児のうちに超えてしまうであろう。ところが、座っての計測ならば直観では判明しない。それゆえ「超えた」とは断定しなかったのである。

ここまで、歌の新しい解釈と地名との関わりを述べた。

（3）Bについて

（本文）

B　さて、年ごろふるほどに、女、おやなく、たよりなくなるまゝに、「もろともにいふかひなくてあらんやは」とて、かうちのくにたかやすのこほりに、いきかよふ所いできにけり。さりけれど、このもとの女、「あし」とおもへるけしきもなくて、いだしやりければ、おとこ、「ことᐟ心ありてかゝるにやあらむ」と思ひうたがひて、せんさいの中にかくれゐて、かうちへいぬるかほにて見れば、この女、いとようけさうして、うちながめて、

　風ふけばおきつしら浪たつた山

　　夜はにや君がひとりこゆらん

とよみけるを、きゝて、かぎりなくかなしと思ひて、河内へもいかずなりにけり。

この段では、男女が結婚後、数年後（五、六年後か）に女の親が死亡し、生活が不如意になり、男は新しい女、河内国高安郡の元へ通うようになる。女はそれをいやがる様子もなく、送り出すので、男は逆に女を疑い前栽に隠れて見ていると、女は「風ふけば…」の歌を詠み、男のことを心配しているのだった。男はこの女の行為に感動し、河内に行かなくなった。歌徳説話的な話の展開である。

これに類似したものが、古今集や大和物語にあり、この三者の成立に関する問題を検討して

いく。

（古今集巻第十八）

D（本文）

題しらず　　よみ人しらず

994　風ふけばおきつしらなみたつた山

よはにや君がひとりこゆらん

ある人、この哥はむかし大和の國なりける人の女に、ある人すみわたりけり。この女おやもなくなりて、家もわるくなり行くあひだに、この男河内のくにに人をあひしりてかよひつゝ、かれやうにのみなりゆきけり。さりけれども、つらげなるけしきもみえで、かうちへいくごとに男の心のごとくにしつゝ、いだしやりければ、あやしと思ひて、もしなきまに、こと心もやあるとうたがひて、月のおもしろかりけるよ、かうちへいくまねにて、せんざいのなかにかくれてみければ、夜ふくるまで、ことをかきならしつゝうちなげきて、この哥をよみてねにければ、これをきゝて、それより、又外へもまからずなりにけりとなんいひつたへたる

この古今集の「風ふけば…」の歌の左注と伊勢物語の相当する部分（B部）とは大変よく似ていると言えよう。このため、古今集が先か、伊勢物語が先かの議論が古くからなされている。

物語の展開や細かい描写までほとんど同じだから、一方が他方を取り込んだ、とする説が有力である。

古今集左注の持つ「……となんいひつたへたる」の伝承性の枠組も問題となろう。これらを検討していく。これに関しては、山田清市氏に詳しい研究があり、氏の「伊勢物語の作者試論」によれば、「古今集の左注は古今集の草稿時から存在していたと考えられ、この左注も古今撰者によって記載されていた」と述べ、「両者の文体はにており、『大和物語』とは違い、どちらかが、その文章をそのまま転用したものである。左注はその性格上、簡略化されるのが当然であるが、古今集の三つの記述については、伊勢物語にはないから、古今集の左注が本来のものであろう。これは『言ひ伝ふる』という記載によっても伺われる」としている。（この山田清市氏の論説については、そのままの文章の引用ではなく、筆者なりにまとめたものである。）

山田氏の「古今集の左注を伊勢物語が転用している」については、おおむね肯定できるが、問題点がないわけではない。詳しく見ていくと、山田氏は古今集左注にあり、伊勢物語にはない三つの記述を指摘している。

イ、月おもしろかりけるよ

ロ、ことをかきならしつつ

ハ、ねにければ

この三点である。イとハは伊勢物語に記述がない。イについては、暗闇では山越えは難しいから、月明かりは必要であろう。雨の降る夜などは山越えは無理なのであろう。

ロ、琴を掻き鳴らす点については、伊勢物語にはないが、それに代わる「いとようけさうして」がある。「琴を掻き鳴らす」も「念入りに化粧する」も共に呪術的な所作である。「古事記」仲哀天皇が琴をひき、神功皇后が神託を述べる有名な場面がある。「日本書紀」では、ある説として、神功皇后自身が琴をひき、神託を述べる。琴は神寄せに使われているのである。平安時代には、この呪術的な面は薄れつつあったと思われるが、このような習俗は長く残るものである。一つの例としては、「源氏物語・夕顔巻」もののけ出現時、光源氏の行動をまとめると、「太刀を引き抜きそばに置く」(武器や金物)、「右近に照明を持ってくるように命令」(照明)「随身を起こして、つるうちして、たえず、こわづくれと命令」(弓つるを弾く、声を挙げる)、これらは魔よけの行為なのである。「つるうち」は、琴ではないが、音による呪術としては共通している。

古今集左注の大和の女は、「よふくるまでことをかきならしつつ」とあるから、男が龍田山を越えてゆくであろう夜半まで掻き鳴らしていたのである。これは祈りであり、女は男のいない留守に趣味や練習のため、琴を演奏しているのではない。これは、続く本文「うちなげきて…」の文からもうかがえよう。

一方、伊勢物語にはこれに代わる「化粧」がある。「化粧」は琴に比べれば呪術的な感じは薄まるが、古代の埴輪より続く伝統的な魔よけの方法である。元来、化粧は魔よけから生じたとする説もあり、刺青なども この一種と考えられている。これに対し、「魏志倭人伝」には、持衰という者がいて「旅の安全を祈るため、髪をくしけずらず、しらみも取らず、衣服は垢で汚れたまま、肉を食べず、女を近づけない、喪に服しているようにさせる」という例が紹介されているが、これは自分が汚れを引き受けて、祈りの対象を清浄に保つ役割を果たしていた。これは「化粧」とは逆の行為だが、同様な効果を期待して行う祈りである。女が念入りに化粧したのは、危険な山道を夜半に越えて行く夫の無事を祈ってのことなのである。伊勢物語の作者は、古今集をそのまま転用したのではない。

以上、山田氏指摘の三点を検討した。イ、ハはその通りであるが、ロについては同じ傾向の語句が使われていることを述べた。この場合、「化粧」から「琴」への流れは考えにくく、山田氏の古今集左注が先にあり、伊勢物語がそれを取り込んだとする成立過程はおおむね肯定できよう。続いて、「伊勢物語」の残りの部分、「大和物語」百四十九段とを併せて検討したい。

（4）伊勢物語と大和物語

(伊勢物語本文)

C1　まれ〳〵、かのたかやすにきて見れば、はじめこそ心にくもつくりけれ、いまはうちとけて、てづからいゐ（ひ）かひとりて、けこのうつわ物にもりけるを見て、心うがりて、いかずなりにけり。

C2　さりければ、かの女、やまとの方を見やりて、

君があたり見つゝをゝらん　いこま山
くもなかくしそ　雨はふるとも
といひて、見いだすに、からうして、やまと人、「こむ」といへり。よろこびて、まつに、たびたびすぎぬれば、
君こむといひし夜ごとにすぎぬれば
たのまぬ物の　こひつゝぞふる
といひけれど、おとこ、すまずなりにけり。

（大和物語　百四十九段本文）

E　昔大和の國葛城の郡にすむ男女ありけり。この女かほ容貎《かたち》いときよらなり。としごろおもひかはしてすむに、この女いとわろくなりにければ、思ひわづらひて、かぎりなくおもひながら妻をまうけてけり。このいまのめは富みたる女になむありける。ことにおもはねど、行けばいみじういたはり、身の装束もいときよらにせさせけり。かくにぎわゝしきところにならひて、きたれば、この女いとわろげにてゐて、かくほかに歩けどさらに妬《ねた》げにもみえずなどあれば、いとあはれとおもひけり。心ちにはかぎりなく妬く心憂しとおもふを忍ぶるになむありける。留まりなむと思ふ夜も、なを「往ね」といひければ、わがかく歩きするを妬まで、異業《ことわざ》するにやあらむ、さるわざせずばうらむることもありなんなど、心のうちにおもひけり。さていでていくとみえて、前栽の中に隠れて男

や來るとみれば、端にいでゐて、月のいといみじうおもしろきに、頭《かしら》かい梳りなどしてをり。夜更くるまで寢ず、いといたううちなげきてながめければ、人待つなめりとみるに、使ふ人のまへなりけるにいひける、

風吹けばおきつしらなみたつた山
よはにや君がひとり越ゆらむ

とよみければ、わがうへをおもふなりけりとおもふに、いとかなしうなりぬ。この今のめの家は立田山こえて行くみちになむありける。かくてなを見をりければ、この女うち泣きて臥して、金椀《かなまり》に水をいれて胸になむ据へたりける。「あやし、いかにするにかあらむ」とてなをみる。さればこの水熱湯《あつゆ》にたぎりぬれば、湯ふてつ。又水を入る。みるにいとかなしくて走りいでて、「いかなる心ちし給へば、かくはしたまふぞ」といひてかき抱《いだ》きてなむ寢にける。かくてほかへもさらに行かでつとゐにけり。

（大和物語、Eの続き）

F　かくて月日おほく經《へ》ておもひけるやう、「つれなき顔なれど、女のおもふことといといみじきことなりけるを、かく行かぬを、いかに思ふらむ」と思ひいでて、ありし女のがりいきたりけり。久しく行かざりければ、つゝましくてたてりけり。さてかいまめば、我にはよくてみえしかど、いとあやしき様なる衣をきて、大櫛を面櫛《つらぐし》にさしかけてをりて、手づから飯盛《いゐも》りをりけり。いといみじとおもひて、來にけるまゝに、いかずなりにけり。

この男は王《おほぎみ》なりけり。

（「日本古典文学大系９」による。但し、Ｅ・Ｆなどの記号や段分けは筆者による）

伊勢物語Ｂ部については、先に検討したように、「古今集」左注をそのまま利用し、多少の変更を加えたものであろう。山田清一氏の指摘したイロハ三点については、古今集から伊勢物語への流れを証明するものであるが、伊勢物語作者独自の工夫による変更についての考察には触れられていない。物語の作者には、歌物語化するに当たっての独自の工夫があり、これは後に詳述する。

次に、Ｃ１部については、古今集左注にはない部分だが、物語作者の独創的なものでなく、そのような伝承を取り入れたものと思われる。左注採録時には、既にＣ１部のような後日談が付随しており、これを取り込んだのであろう。これは歌徳説話の一典型であり、「新しい女は失敗して男の愛を失う」部分は、古今集は左注としての制約上、ここはなくとも十分である。

「大和物語」百四十九段には、伊勢物語のＢ、Ｃ１部に相当する部分があり、Ａ、Ｃ２部はない。大和物語は、伊勢物語等と比較すると描写が詳細で、Ｅ部での女の愛情表現は誇張を交え力説している。又、Ｆ部も伊勢物語に対して、描写が詳しく、垣間見の場面などは古い説話の型を伺わせる。但し、歌が一首もないのは両物語とも共通している。

大和物語Ｅ部と、古今集左注との表現の違いは大きく、こまかい表現まで同一という一方が他方を取り込んだと関係は認められない。ここで、再度、山田清一氏の指摘した三点を比較してみよう。

イ、

古今集左注　月おもしろかりけるよ

伊勢物語　この記述なし

大和物語　月のいみじうおもしろきに

ロ、

古今集左注　ことをかきならしつつ

伊勢物語　いとようけさうして

大和物語　かしらかいけづりなどして

ハ、

古今集左注　ねにければ

伊勢物語　この記述なし

大和物語　かき抱きてなむ寝にける

以上、この三点に限れば、古今集左注は大和物語の方が近い関係にある。大和物語は伊勢物語とほぼ同時期に成立した歌物語として、近似したいくつかの章段も認められるが、この百四十九段については、伊勢物語の影響は限定的だったと考えられる。もし大和物語の作者が、現伊勢物語二十三段を参照していたならば、A部やC２部の二首を取り込んでいたと思われる。

それでは、大和物語と古今集左注との関係はどうであったろうか。古今集は「ある人……となんいひつたへたる」とあるから、当時流布していた伝承をまとめたとするのが妥当である。古今集の規範性の高さから大和物語の作者も参照したであろう。但し、伝承はその時期、地域によって変化するものである。大和物語の「使ふ人の前なりけるにいひける」など、大和の女の召使いが姿を見せるのはここだけであり、大和物語の作者が、独自の伝承を得ていたことは確かであろう。ではどれがより古い伝承なのであろうか。私は先ほどの三者の比較より見て、古今集がもっとも古く、続く大和物語と伊勢物語とはほぼ同時期のものと思う。大和物語の方が古今集に似た古い伝承も認められるが、金椀の描写など新しい点もあり、新旧が交錯している感じが強い。

（5）「古今集」左注の伝承について

「風吹けば…」の歌は、古今集では「よみ人知らず」となっている。しかし、この歌は古今和歌六帖に二回採録されており、作者はそれぞれ「かぐやまのはなのこ」「かごのやまのはな子」とある。但し「風吹けば…」の最終句は「ひとりゆくらん」である。古今集、伊勢物語とも、このような本があり、「ひとりこゆらん」と共存していたようである。この作者名は微妙に違うが、同一人物で「香具山の花子」であろう。これは実名ではなく、香具山一帯を代表する女性を示すものであろう。とすれば、「風吹けば…」の歌は、夫の無事を祈るこの地方の民謡が伝承化されたと考えられるのである。

「龍田山」については、「日本古典大系8、古今和歌集」の頭注で佐伯梅友氏は、
　奈良県生駒郡三郷村立野の西方の山。信貴山の山つづきで、大和と難波との交通の要路に
　当たる。
と解説している。
　この伝承は元来、「夫が緊急の用事のため、龍田山を夜半に越えて行かねばならなくなった。そこで妻は琴を掻き鳴らし、歌を詠み夫の無事を祈った」ではなかろうか。夫の用事とは、別の女に逢うためではなく、何か重要な役割を果たすため、月明りを頼りに難所を越えて行くのであろう。
　何か緊急なことでもなければ、わざわざ夜中に危険な龍田山を越えることはあるまい。男はこの地方の有力者であり、女も同様、重みのある役割を負っていたのであろう。
　この話が伝承されるにつれ、夫は別の女に会いに行くため、夜半に龍田山を越えてゆく。女はいやがる様子もなく夫を旅立たせると、変化していったものと思われる。歌そのものは変化は少ないが、「ひとりゆくらん」の方が、目的地が遠い印象を受ける。このように伝承が変化していくと、歌徳説話としては効果的だが、無理な設定になってしまった。このことを強調している註釈書を管見にして私は知らない。左注には「月のおもしろかりけるよ」とあるから、男は夕方出発しようとしたのであろう。男は夕方、女の元を訪れ、早朝に帰るという通い婚の風習があった。が、これは近距離の通いの場合で、ここは、出発は朝でなければならないだろう。旅をする場合、明るい内に目的地に着きたいものである。しかし、歌を変えるわけにはい

かなかったのである。

（6）地名の考察

次に地名という観点から、古今集、伊勢物語、大和物語を検討していく。伊勢物語の「地名」には、その土地の名を示すだけでなく特別な意味を持っている場合がある。但し、ここでいう地名には、「土地の名」に限らず、「山や川」の名、「田舎」など、広く含めていることを了承されたい。

古今集左注の地名は三つあり、

①大和の国　②河内の国　③龍田山

伊勢物語の地名は五つ

①ゐなか　②河内の国高安の郡　③龍田山　④大和（の方）、大和（人）　⑤生駒山

大和物語の地名は三つ

①大和の国葛城の郡　②龍田山　③龍田山を越えていく道

この三者に共通しているのは、大和と龍田山の二つである。その他、微妙な違いがある。

まず古今集から見ていこう。

古今集左注では、大和の国の女、河内の国に新しくできた女と表現するだけで、細かい地名が出てこない。

大和物語では、

大和の國葛城の郡にすむ男女ありけり

とあり、男女の住む地が「葛城の里」と明示される。古今、伊勢には出ない地名である。元々この伝承が香具山地方（十市郡）のものとすれば、西方へ十㎞ほど移動した地に葛城郡があり、それだけ龍田山（生駒郡）に近付くことになる。次に注目すべきは、大和物語は出発地は詳しく書きながら、新しい女の居住地名がない。「河内の国」がなく、

この今の妻の家は立田山こえて行くみちになむありける。

この方が、龍田山を越えて行く道が、たとえ河内の国としても、かなり近いように感じられる。古今集左注は、その制約上、大雑把であるから、大和物語は、この二つの地名を記して、より合理化し、あり得そうな体裁にしていると言えよう。

最後に伊勢物語を見てみよう。伊勢物語は出発地は大和の国であるのは分かるが、大和物語のような何郡の記述がない。後に増補されたA部の「ゐなか」を加えても、どこからかは判明しない。ところが、新しい女の居住地を「河内の国高安の郡」と設定した。これが伊勢物語作者の工夫であり、これは古今集、大和物語にもなく、伊勢物語は古今集左注をただ転用したものではないのである。

この高安郡〈大阪府〉は『古代地名辞典（角川書店）』によれば、

河内国の郡名。河内国の中央部東端に位置する。北は河内郡、西は玉串川をもって若江郡、南は大県（おおがた）郡、東は大和国平群（へぐり）郡に接する。生駒山系の高安山の麓

にあり、村々は高安の里ともいわれた。

この地は大和物語の「立田山こえて行くみち」の地にも適合しよう。高安は、大和から河内・難波へ向かう途中の里で、天智六年、白村江の敗戦後、唐・新羅連合軍の難波方面からの侵略を恐れて、高安城を築いた地であることでも知られる。又、高安山は古事記にも記述があり、「枯野」の琴の場面でも登場し「琴」との関連も認められる。

このように龍田山を越えてゆくにしろ、この点では大和物語と同様、河内の国の中でも近くで、ある程度知られた高安の里を選んだのであろう。この「高安」には別の意味が隠されており、この物語の矛盾をやわらげようとしている。なお、この「高安」には別の意味が隠されており、項を改めて述べる。

(7)「高安」について

この語は地名を示すだけでなく、「高と安」とが正反対の意味を持つ。これは、新しい女の「生活態度」や、「男の評価」を表わしている。又ちぐはぐな点をさすと考えられる。C1の部分、初めは奥ゆかしい様子だったが、しだいに慣れてくると、本文、

「てづからいゐ（ひ）かひとりてけこのうつわ物にもりけるを見て、心うがりて、いかずなりにけり。」

この部分は、男が女の動作を見てうとましく思った所だが、解釈上、いくつかの問題点があると思う。

まず、「てづから」でこれは、「自分の手で」と「自分で」の二つの解がある。次は「いひかひとりて」で、「いひかひ」を「飯匙」（しゃもじ）と採り、「御飯のしゃもじを取って」とする。私案は後に詳しく述べる。最後は「けこのうつわ物」で、通説は「けこ」を「笥子」（食器）とし、「食器のうつわ物」と解釈している。この場合の難点は「うつわ物」（お椀）も食器だから、食器が重なることである。竹岡正夫氏『全評釈』は、古い解釈は「笥子」ではなく、「家子」（家族、家来）であったとし、次のように解釈している。

　自分の手でじかにしゃもじを取って、眷《けん》属たちの食器に飯を盛っていますのを見て、心から嫌になって行かなくなってしまいました。

この解釈は、通説の「食器のお椀」よりも矛盾は少なくなっていよう。しかし、どこが男に嫌われたのであろうか。食器に飯を盛りつけるのは召使いの仕事であるというのは、貴族階級のことであって、ここでは当てはまらない。ここは、女はしゃもじを使ったのではなく、手づかみで盛ったと思われる。かつて私は、「いひかひとりて」の解釈を「飯交ひ取りて」とし、「手を交えて取って」「乱暴につかんで」とした。（拙著「伊勢並びに源氏物語の研究」参照）

その後、「いひかひ」の部分に、「いひかい」とする本があることを見い出し、（流布本系の「豊原統秋筆本・片假名書入本」古本系「最福寺本」その他塗籠本系にもあり）（いずれも「伊勢物語に就きての研究」（校本篇）による）この方がより明確に「手づかみを」証明できると考えるようになった。そもそも、「ひ」と「い」の仮名使いは混同されやすく、「いひかひ」ならば、「飯匙」（しゃもじ）と解釈は可能だが、「いひかい」ならば飯匙とすることはできない。

「いひかいとりて」とは、「飯」「かい取りて」となろう。この「かい取りて」は「飯掻き取りて」がイ音便化したものであろう。

大和物語F部（前出）に垣間見の場面があり、より詳しく女の服装、動作が描かれている。ここでは、女は粗末な着物で、髪型も品がなく、次の文が続く。

　手《て》づから飯《いひ》もりをりける。

これも「自分で飯を盛っていた」ではなく、「手づかみで飯を盛っていた」のであろう。

伊勢物語に戻る。C1の該当の部分の現代語訳は、

　手づかみで御飯を掻き取って、家族の器に盛り付けているのを見て、いやな気分になって、
　行かなくなってしまった。

これは「いひかひ」の部分は、「いひかい」の誤りと見て独自案を示した。

なお、この手づかみ文化は現代にも残存しており、例えばおにぎりや鮨などは原則として手づかみで握り、手づかみで食べるものである。又、当時の御飯は蒸したもの（強飯）と思われるから、手づかみも上品とは言えないまでもさほど不自然ではないと思われる。むしろ、「掻き取る」鍋等の底にこびり付いている御飯を掻き取っての部分により男はいやけがさしたのかも知れない。

C2の部分、

女の歌（一首目）

　君があたり見つゝをゝらんいこま山

くもなかくしそ雨はふるとも

（訳）
あなたのいるあたりをながめながら暮らしましょう。生駒山を雲よ隠さないでおくれ。たとえ雨は降っても。

全く、ちぐはぐとしか言いようのないひどい歌である。雨が降っては生駒山が見えるはずがない。この歌は万葉集に類歌があり、古くから「生駒山は男の住む地と方角が違う」との指摘がある。すべて承知の上で作者はこの歌を選んでいるのである。

女の歌（二首目）

君こむといひし夜ごとにすぎぬれば
たのまぬ物の　こひつゝぞふる

（訳）
あなたが来るという夜ごとにむなしく過ぎていくので、あてにはしないものの恋しく思いながら暮らしています。

この歌もちぐはぐな点はあるが、女性の微妙な心理を表わしていると見れば、第一首と比べればよい歌である。

この二つの歌の間に、次のような文がある。

やまと人「こむ」といへり。よろこびて、まつに、たび〳〵すぎぬれば

男は文などで「訪問しますよ」と言ってきた。喜んで女は待っているが、何回も空しく過ぎ

てしまうので…　ここに作者の問い掛けがある。作者の工夫、言語遊戯があると言っていい。管見の及び限りにおいては、見過ごされて来たことである。それは、なぜ男は何回も「来ますよ」とわざわざ知らせておきながら来なかったのか、である。男が知らせてくるのも一苦労である。それなのに来ないとは、なぜなのか。当然の疑問であろう。伊勢物語は読者参加型の文章であり、読者は疑問を見い出し、自ら答えることが期待されている。答は簡単である。女の歌の中に答がある。

一首目　雨はふるとも
二首目　こひつゝぞふる

二首目の「ふる」は掛詞で「経る」「降る」の意がある。答「男は荒天候、雨が降ったため来ることができなかった」である。これも女が「雨が降っても」と願った結果なのである。

このように高安物語には、どこかちぐはぐな点が認められ、これが地名「高安」を使った理由なのである。

（8）二十三段の成立について

まず二十三段の構成から検討していく。通説は三段に分けるが、『伊勢物語論』（「伊勢物語の伝承性」）で、森本茂氏は四段に分けるのが適当としている。

森本氏の分類は、先に挙げた「A、B、C1、C2」のうち、C1を「C」に、C2を「D」

とするものである。大和物語には、このうち、「ＢＣ」があり、「ＡＤ」部が存在しない等成立事情から四段に分けるのがよいとするのである。この分類にも一理ある。各段の書き出しと文末の結び方を見ると、

Ａ　むかし～ほいのごとくあひにけり。

Ｂ　さて、年ごろふるほどに～いかずなりにけり。

Ｃ１　まれ〳〵、かのたかやすにきて見れば～いかずなりけり。

Ｃ２　さりければ～すまずなりけり。

（Ｃ１、Ｃ２は筆者の分類による）

右の四段とも「…にけり」と決着型の「落ち」を持っている。この点からは問題ないが、書き出しの語を検討すると、Ｃ２「さりければ」（そのように男が通わなくなったので）は、新たな書き出しとしては、十分ではないように思える。もう一つ、四段に分けた場合の最大の欠陥は、Ｃ１部に歌が一首もなくなってしまうことである。以上から、三段に分けるのが良いと私には思えるのである。

次に二十三段の成立過程を検討しよう。

①古今集左注の編者は、先行する伝承から歌と説話を取り入れた。

②伊勢物語の作者は、この左注を一部を除きそのまま利用すると同時に、左注が切り捨てた部分を伝承から取り入れ、歌物語化した。（Ｂ部とＣ１部）但し、女の住居については、河内の国のみで、「高安の郡」は記載されていない。

③大和物語の作者は、古今集左注は当然のことながら参照したと思われるが、伊勢物語の作者のようにそのまま取り入れるのではなく、当時の伝承から多くを取り込み書き込んだ。大和物語の地名「葛城の郡」などは、この物語のみに登場するものなので、この地に伝承していたものなのであろう。では、伊勢物語との関係はどうか。これも参照したと思われるが、古今集左注に対する態度からして、伝承そのものを優先したと思われる。但し、この伊勢物語は②の段階であり、現伊勢物語でないのは勿論である。

④伊勢物語の作者(この作者は②と同一者とは限らない)は、B部C1部を展開しようと企てた。この作者は、地名を利用した言語遊戯が得意である。基本となる地名は「龍田山」「立田山」である。龍は架空の動物だが、動物には他に亥も駒もある。立田山の「立つ」は人間の基本動作であるが、他に「居る」「行く」も同様な行動である。さらに、B部の前段に幼い恋を描き、C1部の後に、新しい女のことを加えようと考える。龍田山を越えた向こう側に「河内の国高安の郡」を発見し、これは利用できると思ったことであろう。

A部　幼い恋の成就（田舎、居る、亥）
B部　夫婦の危機と愛の復権（高安を追加）（龍田山、立つ、龍）（高安）
C1部　新しい女の変化（高安、奥ゆかしいと品がない。ちぐはぐ）
C2部　新しい女の歌（生駒山、行く、駒）

このように、B部を中心にして物語を組み立てたのではあるまいか。伊勢物語は抑制のきいた文体であり、読者への問いかけがある。この二十三段は、古今集の左注を利用し、歌物語を構成したが、九段の成立と似ている。両段とも、食事の場面があるのも共通している。二十三段は動物の対比があるが、九段にも各段ごとに、蜘蛛、鹿、都鳥が配置されている。これらの類似から、九段や二十三段を再構築したのは同一作者であると思う。

この段の最後に、森本茂氏（前出）の論を取りあげて検討しよう。森本氏は、伊勢、大和物語の伝承性の観点から、成立論を展開し、次のように述べる。氏は二十三段を分析した結果として、

結局、大和物語の作者は一四九段を書くに当たって伊勢物語二三段を参照したと思われるが、業平を念頭においていたとしても、一四九段はあくまで「王」の物語を書いたのであった。すると伊勢物語Ⓐの部分の「ゐなかわたらひしける人の子ども」では「王」と合わなくなるし、また女の歌二首を中心に構成したⒹの部分は、「王」の物語という観点からすればない方がよいであろう。こういうわけで大和物語の作者は、伊勢物語二三段のうちⒶ・Ⓓの部分を取り去り、Ⓑ・Ⓒの伝承伝説を中心にして、よりいっそう「王」の物語らしくまとめ上げたのではなかったろうか。

（ⒶⒷⒸⒹは、筆者の分類でA、B、C1、C2、に該当する。筆者注）

森本氏によれば、現伊勢物語に近いものを大和物語の作者は参照し、そのうちからⒶⒹ部を取り去って、百四十九段をまとめたとする。このうちⒶとは「幼い恋の成就」の部分、Ⓓとは「新しい女の歌」の部分である。これは大和物語百四十九段の「この男は王なりけり」を生かすためであるとする。

この論は、いくつかの問題があると思う。まず「王」にこだわりすぎであり、たとえⒶⒹを取り去っても、あまり情況は変わらない。「王」の部分を取り去った方がふさわしいほどである。氏は一四九段はあくまで「王」の物語を書いたとするが、この段はどちらかと言えば女主体の物語であろう。

次に、伊勢物語のB部「高安の女」はどうなったのであろうか。この「高安」の地名も取り去ったとするのであろう。A部「ゐなかわたらひしける人の子ども」など、都合の悪い文も、取り去ったり変更するのはできたであろう。

又、ⒷⒸ部の伝承伝説を中心にして、しあげたとするがⒹも伝承性のある部分であろう。この二首を取り込んでもなんら問題はないと思うがどうだろうか。

私は取り去ったとするより、元々B部、C1部（森本氏の分類ではⒷ部Ⓒ部）を参照したのではないか。大和物語の作者は、このような伊勢物語を参照はしたが、独自に伝承に基づき書き込んだと思われる。

私案については先述したが、二十三段の成立についての「ⒷⒸ部」が中心となり、「ⒶⒹ部」が後に付加されたとする森本氏の論考には賛意を表したい。又、氏の伝承歌の詳しい論証も大いに参考になる。しかし、大和物語が、伊勢物語（現伊勢物語に近いものを想定）を参照し、ⒶⒹ部を取り去って成立したとの論考には賛成しかねるのである。

七、六十段

この段の地名「宇佐」の役割については、既に「伊勢物語の物名歌について」で述べたが、一首だけ「宇佐」と「憂さ」の掛詞の例を挙げておく。
大和物語五十九段
　忘るやといでて来しかどいづくにも
　うさははなれぬものにぞありける

八、まとめ

伊勢物語の地名には、特別な意味を持って物語と関わるものがあるとするのは、私の仮説であり、六段の地名「芥川」は、不気味な雰囲気を醸し出したり、掛詞「飽く」より男女の不吉な前途を象徴するだけではなかった。この「芥川」と「あばらなる蔵」の場面設定により、地の文に於ける四重掛詞を仕込んでいるのである。

九段の地名「東」は、古事記の倭建命の東征神話の主要舞台である。伊勢物語の作者は、この話をモデルにして、昔男の東下りを描いているのである。九段には、妻を慕う歌が三首あり、富士の嶺の鹿の子まだらの歌が一首ある。なぜこの四首でなければならないのか。なぜ「かれいひ」を食べているのか、宇津の山で「修業者」に偶然出会うのか。今までこのような疑問を呈することはなかった。しかし、作者は、旅の一場面として食事のようすを描いているのではない。旅の途中、富士山が見えたから、その風景描写をしているのでもなかったのである。それら一つ一つに別の意味があったと思われるのである。

十段の地名「入間の郡みよし野の里」については、掛詞「子欲り」「見良し」は分かりやすいであろう。「母なむ藤原なりける」としているのも、貴種を求める強い願いを感じる。

十二段、十三段「武蔵野」はやはり掛詞で「蒸さし野」である。十三段ではこれが「くすぶる」「くゆらす」等の意味で使われ、切れそうで、切れない微妙な男女の縁を描いている。

二十三段の地名「田舍、河内、高安、龍田山、生駒山」はそれぞれ対応があり、「高安」を除いて、掛詞としても使用されている。又、「田舍」は「ゐ」を強調して、「ゐつつ」に於ける掛詞の暗示をしている。

六十段の地名「宇佐」も掛詞で「憂《う》さ」や、「失す」に通じ、宇佐使は、追放する使者と解釈できよう。

これらの章段には並み並みならぬ作者の緻密な工夫がある。伊勢物語の文章は簡潔とされるが、その中にこのような高度な言語遊戯が隠されていたのである。

四　伊勢物語の掛詞について

（1）

伊勢物語の遊戯性を掛詞を中心にして述べてみたい。

この遊戯性については、和田信二郎氏『巧智文学―東西共通の趣味文学』（明治書院一九五〇年刊）、山岸徳平氏「物名の歌と折句の歌」（「国語（復刊）」一巻、一、二号、一九五一年）等一連の論考に、すぐれた考察がある。又、織田正吉氏の「日本のユーモア1・2・3」（一九八六～一九八八年刊）は、古代より江戸時代までの通史として、日本文学に対する概念を大きく転換する役割を果たした。

これらのすぐれた論考はあるのは承知しながらも、歌物語、特に伊勢物語を中心に考察を加えたいと思う。多少なりとも、伊勢物語の遊戯性の解明に役立つことを願うものである。

（2）

掛詞は同音異義語を利用した、特に和歌に於いて発達した修辞法の一つである。この掛詞は、折句、物名などに比べると簡単に用いることができるが、一首のうちに何層も重ねて詠み込むには高度な技量を必要とする。

一例として、在原業平の歌を挙げると

から衣きつゝなれにしつましあれば
はるぐ〵きぬるたびをしぞ思ふ

これは古今集、伊勢物語にある歌である。傍線部が掛詞で四層になっている。

○なれ……褻れ（着なれる）
　　　　　馴れ（馴れ親しむ）
○つま……褄（着物のツマ）
　　　　　妻
○はるばる……張る（広げる）
　　　　　　　はるばる
○き……着
　　　　来

この右の部分での意味は「唐衣（ゆったりとした上着）の着なれた褄を広げてはおる」左の部分は「馴れ親しんだ妻が（都に）いるので、はるばるやってきた旅を（悲しく）思う」こちらが基本となる意味で、そのほかに掛詞で都に残してきた妻のイメージを醸し出していると言えよう。この歌は、縁語（着物に関係する語）の多用もあり、豊かな情趣を出している。又、掛詞にはもう一つの役割があり、それは場面転換であり、この歌の場合、旅の途中と都の場面が交差している。これも掛詞の持つ重要な役割とされる。
次の例は、二十三段の歌二首である。

男の歌、

つゝ井のゐづゝにかけしまろがたけ
すぎにけらしな　いも見ざるまに

女の歌、

くらべこしふりわけがみもかたすぎぬ
きみならずしてたれかあぐべき

傍線部が掛詞で

○ゐづつ……井筒（井戸の円い筒）
座りながら

○かけ……掛け
欠け

「ゐづつ」については、「座りながら」の掛詞があることを既に述べた。（拙文「伊勢物語と地名　その遊戯性」参照）この掛詞の発見によってこの歌の解釈が自然に行われることになった。これまでは、「居つつ」に気付かなかったため無理な解釈をしてきたのである。この掛詞の発見が遅れたのは、井筒そのものの用例が少なく、「座りながら」を掛詞とする前例が見い出せないことにあったのであろう。次の「かけ」については、「井筒で座りながら計測し」でも十分だが、さらに「井筒より低い」の意味を付加した方がより良いと思う。現代語訳は「井筒で座りながらに計測した私の背丈は、その時は井筒より低かったが…」となる。

これに対し、女の歌には掛詞はなく、「くらべこし」「かたすぎぬ」と男の歌に対応しながら、四、五句で自らの意思を相手に伝えている。男の歌の「まろ」などの用法はどこかまだ幼さの残る少年という感じがするが、女の歌には堂々としたところがある。掛詞などを多用すると遊戯性が高まり、それだけ真実味が薄れる傾向がある。何ら駆け引きのない女の歌には新鮮な感じが伝わってくる。

以上、伊勢物語の中から、三首ほど取りあげ検討した。

（3）

次に、伊勢物語全体の掛詞について検討したい。比較対照するために、大和物語と平中物語を用いる。伊勢物語の本文は『全評釈』を利用し、大和、平中物語については「日本古典文学全集」を用いた。この注釈、特に掛詞の解説は詳しく、教えられる所が大であった。

1、章段数と総歌数

伊125段（209首）大173段（294首）平39段（152首）

2、章段の平均歌数

伊1.7首　大1.7首　平3.9首

3、一章段の最大歌数
　伊7首　大11首　平19首
4、掛詞のない歌数
　伊155首（74％）大149首（51％）平73首（48％）
5、掛詞のある歌数
（注）物名（隠題）歌については、掛詞の技法によるものは、含めて数えた。
　伊54首（26％）大145首（49％）平79（52％）
6、掛詞（一層から三層までの歌数）
（注）（　）は、掛詞のある歌全体の割合である。
　伊50首（93％）大140首（97％）平78（99％）
7、掛詞（四層と五層の歌数）
　伊4首（7％）大5首（3％）平1（1％）
8、掛詞（三重掛詞の歌数）
　伊1首（2％）大7首（5％）平0（0％）
9、物名の歌数
（注）物名は掛詞を用いた修辞法の一つであり、参考までに挙げる。（　）の割合は、全体の歌数に占める割合。10も同じ。
　伊8首（4％）大13首（4％）平5首（3％）

10、折句の歌数

（注）折句は、掛詞ではないが、和歌の修辞法の一つとして参考のため挙げる。

伊16首（8％）大3首（1％）平1首（1％）

比較は以上である。なお、連歌は1首として数えた。大和物語百五十二段の下句のみの歌は除いた。又、平中物語三段の長歌も除いた。

順次、検討していく。

1、2、3について

一章段の平均歌数は、伊勢物語と大和物語が、1.7で同じである。大和物語の地の文は長大なものがあり、この作品には語り尽くそうとする姿勢が見られる。この分、歌の占める比重は低くなる。大和物語でも優れた章段と思われる百四十七段、百四十八段などは歌を取り去っても十分鑑賞できる作品と言えよう。伊勢物語にも比較的長い、同様な章段も見られるが、概して簡潔な文章が特徴である。私はこれを読者参加型の文体と呼んでいる。読者が疑問を持ったり、説明不足と感じたりする点がある。伊勢物語のいくつかの章段には、後からの増補と思われる部分があるが、そうしたくなる文章なのである。

歌物語の前段として、歌語りがあり、この原型を伊勢物語は保有していると思われる。その際、語り手は歌とそのエピソードをただ伝えるだけではおもしろ味に欠ける。語り手には何らかの工夫が求められる。いくつかの例を挙げよう。

イ、六段　男はやっと盗み出してきた高貴な女を「芥川」まで連れてくる。ここで聞き手は爆笑したであろう。なぜなら、そこは連れていく場所としては、最も相応しくない所である。芥川はドブ川であり、あくた川の「あく」には「飽く」の意味があることを聞き手は承知しているからである。別の川ではなぜだめだったのであろうか。ここに話し手の工夫があり、今後の展開に聞き手に大きな期待を抱かせる効果がある。

ロ、二十三段、次のような歌がある。

つゝ井つのゐづゝにかけしまろがたけ
　すぎにけらしな　いも見ざるまに

この歌に対して、先述したが、聞き手側から、「井筒では背比べはできないのではないか」との疑問が呈されたであろう。当然の疑問である。たとえ子供でも井筒では背比べは無理なのである。答は後に明かされたであろう。これが文章化された場合も、作者はこの工夫を秘めたままにした。こんな経過があったと私は思う。

以上、二例を挙げたが、これらが文章化された時、話し手の工夫が隠されたままの型が残されたと思うのである。

続いて平中物語に移る。章段の平均歌数は、前二者に比べれば二倍以上であり、一章段の最大歌数も19首とびぬけて多い。章段にしても、大和物語同様、長いものが多く、伊勢、大和物語に見られる極めて短めの章段はない。この物語の作者は、平中とその相手がどのような経過を辿って、どのような結果になったか、その時々の歌はどうであったかに、関心が高く、最後まで平中と女と恋の行末を見届けようとする姿勢がある。章段の結びが「のちはいかがなりけむ」に類したことばで終了するのが三章段ある。又、章段の文末に「やみにけり」「やみぬ」「絶えにけり」二人の仲は終わってしまったの意で終了する段が十二章段もあるのはこのためである。

業平と平中とを比較すると、生没年は、

○業平　天長二（八二五）～元慶四（八八〇）　五十六歳

○平中（平貞文）　貞観十三（八七一）？～延長元（九二三）　五十三歳ほどか。

業平は六歌仙の一人として、その時代を代表する歌人であり、古今集には30首もの歌が採られている。これに対し、平中は古今集の撰者、紀貫之らと同時代に活躍した歌人で、その時代の開きは四十五～五十年ほどと考えられる。平中の歌は古今集に9首採られているからある程度の評価を得ていたと思われる。

六歌仙時代から、掛詞は盛んに使用されるようになったとされるが、撰者時代になるとより技巧的になり、特に男女間の贈答歌などに於いては、掛詞の使用頻度が高まったと言えるのではあるまいか。

大和物語に登場する人物については、『日本古典文学全集・大和物語』の「大和物語年譜」によれば、早くは良少将がおり、この人物は後に出家した僧正遍照であるから、業平と同じ六歌仙の一人である。この良岑が少将になったのは承和十三年（八四六）であるから、これは伊勢物語と重なる時代であると言えよう。

逆に遅い人物では、「いまの左大臣」（藤原実頼）が少将の時の話がある。実頼が左大臣となるのは康保四年（九六七）とあるから、初めと終わりの記事には百二十年間もある。但し、実頼が少将であった時は延喜十九年（九一九）から延長六年（九二八）までであり、約四十年もの前の話を採録している。それにしても、伊勢、平中物語に比べて、六歌仙時代（業平の活躍時）、撰者時代（平中や紀貫之の活躍時）以後「後撰集」成立頃（天暦九年？（九五五））まで広く題材を求めていると言えるだろう。

4、5について

掛詞のある歌数とその割合は、伊勢物語54首（26％）、大和物語145首（49％）、平中物語79首（52％）である。伊勢物語の掛詞より他の物語は約二倍存在する。

この要因の一つに、各物語の題材にあると思う。伊勢物語は業平の一代記風に仕上げるためにこのしばりがある。平中物語も平貞文（平中）の体験が中心だが、主に男（平中）と女の贈答歌で占められている。恋のかけひきの歌には掛詞が多く使われる傾向がある。又、このような歌は即興性が高く、平中の技量の確かさを証明しているが、難度の高い歌は少なくなるのは已むを得ないことである。

伊勢物語で掛詞の使用されていない章段を見ると、ある傾向が窺える。伊勢物語七十六段から八十五段の十章段の歌、17首には掛詞が全く使用されていない。順次、検討すると、

○七十六段（1首）

・「大原や…」これは二条の后がまだ春宮の御息所だった時、氏神に参拝した折、近侍した翁が詠んで奉った歌である。

○七十七段（1首）

・「山のみな…」これは、女御多賀幾子の法要が終わる頃、藤原常行（右大将）が歌詠む人を招集して歌を奉らした時のもの。但し、この歌には折句「名には惜し」がある。

○七十八段（1首）

・「あかねども…」これは、法事の後に、山科の禅師の親王の宮を訪れ、藤原常行が歌を詠ませたもの。

○七十九段（1首）

・「わが門に…」在原氏一門の中から親王が生まれたのを祝う歌。

○八十段（1首）

・「濡れつつぞ…」藤の花を折って、ある人（高貴な人か）に奉る時の歌。

○八十一段（1首）

・「塩釜に…」左大臣が自宅に親王たちをお迎えして宴を催した時、そこに控えていた卑しい翁が詠んだ歌。

○八十二段（6首）

・「世の中に…」から「おしなべて…」まで。惟喬親王に近侍した紀有常らと歌を詠む。

○八十三段（2首）

・「枕とて…」と「忘れては」の歌。親王の出家前と、出家後に男の詠んだ歌。
○八十四段（2首）
・「老いぬれば…」と「世の中に…」の歌。前者は、母（皇女）の歌、後者は男の歌。
○八十五段（1首）
・「思へども…」この歌は出家した親王を訪ねた時の歌。
これら十章段は、身分の高い人に奉った歌が多い。春宮の御息所、藤原常行は上司、山科の親王、敬愛する惟喬親王等、高貴な人々である。又、その場面も、氏神への参拝、法要、生誕祝賀、左大臣や親王たちの宴等、公的、半ば公的なものが多い。個人的と思われるのは「藤を贈る」「母の情」などがある。

掛詞は遊戯性があるから、高貴な方、敬愛する人、公的な場面では使用が憚れたのではあるまいか。

平中物語には、このような高貴な人は少なく、同格、又は格下と思われる相手が多い。その例外と思われる章段を見てみよう。
○二十段（1首）
・「秋をおきて…」この歌は宇多上皇の求めに応じて、菊とともに奉った歌であるが、掛詞はない。
○二十一段（2首）
・「御代を経て…」と「たまぼこに…」の歌。前者は藤原国経大納言の歌。後者は平中の歌。

掛詞はない。

このような場面では、伊勢物語と同様な傾向が認められるのである。

大和物語は、特定の人物のみを扱うのではないから、比較的自由に題材を選定できる。民間に流布している説話から、宮中での帝や后たちの動向、女房間の噂話まで広く求めることができる。

ここでは、大和物語百六十一段から百六十六段の六章段は伊勢物語と同じ歌を採っているので、この選定の傾向を検討していきたい。

○百六十一段（2首）

・「思ひあらば…」と「大原や…」の歌。

作者は業平で、相手はいずれも二条の后で、前者はただ人であった時点、後者は春宮の御息所と呼ばれた時期(業平四十五歳～五十二歳)の歌である。「思ひあらば…」の第四句は掛詞で「ひじき藻」が詠み込まれた物名の歌である。又、折句（沓冠）の歌でもあり「添ひ寝む思はむには」が隠されている。大変技巧的な歌と言えよう。かつての恋人は、出世して春宮の母として氏神に参拝する。それに近侍した老人（業平）が「神代のことをおもひいづらめ」と暗に若い時代を思い出すという巧みな構成になっていて、伊勢物語三段と七十六段とを合体している。

○百六十二段（1首）

・「忘れ草…」御息所の御方から「忘れ草」を「これはなんという草ですか」と問いかけられ、「これは忘れ草ではなく、忍ぶ草です」と即興的に言い返した歌である。

○百六十三段（1首）

・「植ゑし植ゑば…」これは二条の后から、菊を召された時、菊につけて奉った歌である。

この歌は、業平の技巧を十分に示すものであり、折句で「已めむやは」がある。

○百六十四段（1首）

・「あやめ刈り…」これは「かざりちまき」を贈られた返礼して雉を贈った歌である。

この歌の第五句に掛詞があり、「きじ」を隠した物名の歌である。

五句　かる（刈る・狩る）ぞわびしき（きじ）この相手の人物は高貴な人ではなく、親しい友人の類であろう。

○百六十五段（2首）

・「つれづれと…」と「つひにゆく…」

この2首は、いずれも業平の歌であり、前者は見舞いがないのを恨む歌、後者辞世の歌である。

この2首とも掛詞はない。

○百六十六段（2首）

・「見ずにあらず…」と「見も見ずも…」前者は業平の歌、後者は女の返歌。業平が物見に出かけ、車中の女に見染めて、あくる朝、後朝風に歌を贈ったのである。掛詞はない。

以上、六章段、9首（業平の歌は8首）を見てきたが、やはり業平と若き日の二条の后とのロマンスが一番の関心事であったのだろう。他の女性との贈答などあり、臨終の歌もある。又、これらの歌は業平の代表歌と言えないまでも、すぐれた歌を選択していると思われる。技法的には、9首のうち掛詞のある歌は2首。(「思ひあらば…」は「ひじきも」は物名であるが掛詞の技法を使っているので数に含めた。) 掛詞は2首と少ないが、これは相手が高貴な方、重病、臨終の折の歌が多いからであろう。これに対し、物名の歌2首(大和物語全体で13首ある)、折句(沓冠を含む)は2首(大和物語全体で3首)ある。但し、物名、沓冠は共通の歌(百六十一段の初めの1首)である。これらから、大和物語の作者は、業平にふさわしい場面と歌を選び、歌については特に高度に技巧的な歌を取り入れたことは明らかであろう。

なお、大和物語の百四十九段に、伊勢物語二十三段「風吹けば…」と似た話がある。大和物語の作者は、伊勢物語を百六十段から百六十六段までまとめて在五中将の物語として採録している。この中には現伊勢物語にはない話も含まれてはいるが、伊勢物語からの影響は否定できないであろう。ところが、伊勢物語二十三段はこのグループとは別のところにあり、両者の独自性は高いと思われる。

(4)

6、7について

一層から五層までの歌数について

参考までに、それぞれの数を挙げよう。但し、これは見解の相違があるものも含まれていることを承知して概数で読み取ってほしい。

	掛詞の数	一層	二層	三層	四層	五層
伊勢物語	54	36	9	5	3	1
大和物語	145	88	41	11	3	2
平中物語	79	48	25	5	0	1

このうち、一〜三層、四・五層とを区分し、その割合を示す。

	掛詞の数	一〜三層	四・五層
伊勢物語	54	50（93%）	4（7%）
大和物語	145	140（97%）	5（3%）
平中物語	79	78（99%）	1（1%）

この三者を総合してみると、掛詞一層が六十二%に達し、二層と合せると、約八十九%となる。さらに三層まで加えると約九十六%で、ほとんどがこの範囲に含まれる。四・五層になると難度が高く、約四%に過ぎない。

次に、各四・五層の歌を挙げる。

伊勢物語の例

①九段

から衣きつゝなれにしつましあれば
はるぐ\きぬるたびをしぞ思ふ
○なれ（褻れ・馴れ）　つま（褄・妻）
はるぐ\（張る・遙るばる）　き（着・来）
②十三段
むさしあぶみさすがにかけてたのむには
とはぬもつらしとふもうるさし
○むさし（武蔵・蒸さし）　あぶみ（鐙・逢ふ身）　さすがに（尾錠《さすが》・さすがに）　かけ（足をかけ・
心をかけ）
③七十段
見るめかる方やいづこぞさほさして
我にをしへよあまのつり舟
○見るめ（海松布・見る）　かる（刈る・借る）　方（潟・方法）　さほ（棹・さを）　さし（水中にさし・
指でさし）
④百四段
世をうみのあまとし人を見るからに
めくはせよともたのまるゝ哉
○うみ（倦み・海）　あま（尼・海女）

見る（見る・海松）　めくはせよ（目くはせよ・海布《め》食はせよ）

このうち③の歌は五層掛詞の歌ながら、その技巧を感じさせない自然な流れがある。これには章段の配置の妙と、地の文の協力があってこその賜物である。これなどは場面設定が悪ければ、せっかくの掛詞は無になることもあろう。

大和物語の例

①四段

玉くしげふたとせあはぬ君が身を

あけながらやはあらむと思ひし

○ふた（蓋・二）　とせ（背＝蓋の角・年）　あはぬ（合はぬ・逢はぬ）　身（箱のみ・君の身）

あけ（開け・朱け）

②四十六段

うちとけて君は寝つらむわれはしも

露のおきゐて恋にあかしつ

○うちとけ（くつろぐ意・融ける意）　しも（強めの意・霜）　おき（起き・置き）　恋（恋・

日＝こひ）

③百六段

雲居にてよをふるころはさみだれの

あめのしたにぞ生けるかひなき

○雲居（宮中・雲空の意）　よ（夜・世）　ふる（経る・降る）　さみだれ（さみだれ・心乱れる意）　あめ（雨・天）

④百八段

「かりそめに…」の歌。

これは、次の三重掛詞の項で取りあげる。

⑤百七十三段

霜雪のふる屋のもとにひとり寝の
うつぶしぞめのあさのけさなり

○ふる（降る・古）　うつぶし（染料の名・うつ伏し）　あさ（朝・麻）　けさ（今朝・袈裟）

このうち、五層掛詞の四段の歌は、九州にいる友人に加階がならなかったことを知らせたもので、掛詞を駆使したみごとな歌である。

平中物語の例

①二十四段

みるめなみたちやかへらむ近江路は
名のみ海なる浦とうらみて

○みるめ（海松布・見る目）　なみ（浪・無み）　たちかへる（立ち帰る・立ち返る）　近江路（近江路・逢ふ道）　うらみ（浦見・恨み）

平中物語はこの1首である。平中が近江守の娘に贈った歌で、地名やその掛詞を用いて、自由に逢えないことを恨んでいる。なお、大和物語の例で示した②四十六段の歌も平中の作である。

8について
三重掛詞は伊勢物語1首、大和物語に7首ある。平中物語はない。
伊勢物語の例
①二十八段
などてかくあふごかたみになりにけん
水もらさじとむすびしものを
○あふご（天びん棒の意・会ふ期）かたみに（かたみが竹籠の意と難みの掛詞、かたみにが、互いにの意）　むすび（結び＝約束する・手ですくう意）
伊勢物語はこれ1首である。このうち、「かたみに」のうち、「互いに」は必要ないとの見解もある。この場合は二重となりごく普通の掛詞の歌になる。伊勢物語の作者は、多層を重視し、三重掛詞は少ないと言える。
大和物語の例
①六十四段
忘らるな忘れやしぬる春がすみ
今朝立ちながら契りつること

○立ち（霞が立つ・出立する・屏風の前に立つ意）
②六十五段
玉だれの内とかくるはいとどしく
かげを見せじと思ふなりけり
○内（内裏・内外のうち）かくる（隠る・簾を掛ける・口に出すの意）
③七十七段
竹取がよよに泣きつつとどめけむ
君は君にと今宵しもゆく
○よよ（おいおいと泣く意・節々・夜々）
④百八段（前出、ここで取りあげる）
かりそめに君がふし見し常夏の
ねもかれにしをいかで咲きけむ
○ふし（臥し・節）常夏（植物名・床なつかしの意）ね（寝・音・根）かれ（離れ、枯れ、涙が渇れの意）
⑤百四十五段
浜千鳥とびゆくかぎりありければ
雲立つ山をあはとこそ見れ
○あはと（阿波・あれは・ぼんやりとの意）

⑥百四十七段

あふことのかたみに恋ふるなよ竹の
たちわづらふと聞くぞ悲しき

○あふこと（逢うこと・あふごで天びん棒の意）　かたみに（前出）（かたみが竹籠・難み・かたみにが、互いの意）　たち（立ち・断ち）

⑦五十八段

塩竈の浦にあまや絶えにけむ
などすなどりの見ゆる時なき

○あま（漁夫・空）　○すなどりの見ゆる（すなどり＝漁をする、とり＝鳥、などりの見ゆ＝名取の御湯）

大和物語は以上、七例である。三重掛詞になると、入念な舞台設定、地の文の協力が必要で、歌単独では成立し難い。

①については、「屏風の前に立つ」は舞台設定の効果である。平中が若い妻に別れを告げる場面に、「四尺の屏風に寄りかかりて立てりていひける」があり、最後の若い女の歌がこれである。

②も、伊予の御の

「御息所の御もとに、内へなむまゐる」といひおこせたりければ

歌の直前にあるこれらの言葉の効果である。③の「よよ」については、「よ」が掛詞として使

いやすく、この他にも「世・代」の意味もある。又、竹取物語の連想が働くため、「今宵しもゆく」の語句もあるから、文中の

院に八月十五夜せられけるに「まゐりたまへ」とありければ

は特に必要ではない。ここは、桂の皇女を竹取物語のかぐや姫の昇天に擬えた作者の巧みな演出と言える。元々、「桂」は月の中にある植物とする伝説があり、「桂の皇女」は、かぐや姫との連想が働いている。

④は、関係の絶えた男に、枯れた常夏(なでしこ)に付けて贈った歌である。この歌の掛詞「ね」も「かれ」も同音異義語が多く、掛詞として使用するのは容易だが、ダブル三重掛詞として成立させるのはかなりの技量がいる。歌も気張ったところがなく、男への問い掛けも上品で機智に富んでいる。枯れた常夏を自らの嘆きの姿としているのも哀れである。

⑤は、宇多法皇や貴族たちの河尻(淀川の河口)の遊興の場で、「うかれめのしろ」が詠んだ歌である。このような場では、求めに応じて即興に機智に富んだ歌を詠むのが喜ばれた。この場合も、「かくはるかにさぶらふよし、歌つかまつれ」に対して、身分の大きな相違に見立て、三重掛詞「あはと」は言い得て妙である。

⑥は、生田川の女が二人の男から求婚され、選択に悩んで、川に身を投げ、二人の男も後を追って身投げする説話に基づいて、后の宮を初め、伊勢の御息所、その他女房たちの歌が列挙される。この歌はその中の一つで、三重掛詞「かたみ」は掛詞でよく使われる語である。「なよ竹のたちわづらふ」が歌中にあるから、竹取物語のかぐや姫に求婚する貴公子たちの難儀す

るイメージを借りている。
⑦については、大変技巧的な歌である。第四・五句に「名取の御湯」を詠み込んだ物名歌である。又、「漁夫が漁をしていない」と「空には鳥も飛んでいない」を掛詞で示している。これも変則的ながら三重掛詞としていいだろう。

（5）

掛詞は和歌の技法として発達したものであるが、これは和歌に限ったものではない。拙文「伊勢物語と地名　その遊戯性」で伊勢物語六段には、地の文による四重掛詞があることを述べた。地の文による掛詞、これが伊勢物語の特徴の一つなのである。

まず、文章末から例を挙げよう。

①三十三段

ゐなか人の事にては、よしや、あしや。

これは、津の国菟原の郡の女の歌の後に続く結びの文である。訳は「田舎の人の歌としては、良いものだろうか、悪いものだろうか」になる。葦は「よし」とも「あし」とも言うから掛詞になる。又「あしや」は芦屋の地名を掛詞としている。これは既に阿部俊子氏『伊勢物語（上）全訳注』が指摘している。「あしや」は、「悪し・葦・芦屋」の三重掛詞となる。菟原郡に「よしや」の里があれば、おもしろいが、こちらはないようである。

②八十七段

ゐなか人のうたにては、あまれりや、たらずや。

これは、海辺で捨い集めた海草を高坏に盛り、柏の葉に歌を書いて主人に贈る、歌に続く結びの文がこれである。訳は「田舎の人の歌としては水準以上だろうか、それ以下だろうか」この「あまれりや」の部分に掛詞がある。「あま」は漁夫、海女であり、漁夫の詠んだ歌だから「あまれりや」と洒落ているのである。次は、文章の途中にあるものに移る。

③二十七段

……たらひのかげに見えけるを、みづから、

我許物思ふ人は又もあらじ

とおもへば水のしたにも有りけり

（以下省略）

訳は「たらひに（自分の）姿が映っていたので、自分から」とされている。ここの「みづから」が不安定で、『伊勢物語古意』（賀茂真淵著）は、

「みづから」てふ語はこゝに用なし。他所より誤て入りにしにや。

とある。確かにこの語は不要のように思える。但し、他よりの誤入とも思えない。とすれば何らかの意味があるはずである。ここは、「自ら」と「水から」の掛詞があるとすればよいのである。

訳は「（たらひの）水を見つめて、自分から（次のような歌を詠んだ）」となる。

④六十九段

……二日といふ夜、おとこ、われて「あはむ」といふ。女も、はた、いと、あはじともおもへらず。されど、人めしげゝれば、えあはず。つかひざねとある人なれば、とをくもやどさず。女のねやちかくありければ、女、ひとをしづめて、ねひとつ許に、おとこのもとにきたりけり。おとこ、はた、ねられざりければ、とのかたを見いだしてふせるに、月のおぼろなるに、ちひさきわらはをさきにたてゝ、人たてり。おとこ、いとうれしくて、わがぬる所にゐていりて、ねひとつよりうしみつまであるに、まだなにごともかたらはぬに、かへりにけり。おとこ、いとかなしくて、ねずなりにけり。つとめて……

とかきて、すゑはなし。そのさかづきのさらに、ついまつのすみして、うたのすゑをかきつく。……

とて、あくれば、おはりのくにへこえにけり。(以下省略)

ここは、狩の使の男が、伊勢の斎宮寮に宿泊し、二日目の晩の場面である。傍線部が掛詞として使われている。「子」や「丑」のように動物を用いた掛詞は二十三段にもある。

・ねひとつ(二箇所)

「子一つ」で時刻を示す。午前〇時~三十分間。同じく「子一つ」で、女童一人を示す。又、「寝るのは一人」や「寝るのは一回」ともとれる。

・うつみつ

「丑三つ」で時刻を示す。午前三時~三十分間。「子一つから丑三つ」の間は、約三時間ほどになる。

「憂し見（満）つ」で大変心苦しい。思うようにならないので辛い目に会う。辛さが満ちる。又は「憂し三つ」で、辛いのは三人とも取れる。三人とは、男と女、女童である。

従来、この場面で男女の情事があったか否かの議論があるが、私は否定的である。女が斎宮その人であったとしても、（斎宮付の女官とする説も有力である）この章段を検討する限りにおいては認めることはできないであろう。例えば、

○まだなにごともかたらはぬに……この「語らふ」には男女の情事と同等の意味に使用されるのが普通だが、「語らはぬ」と否定している。

○女の歌（上の句）「かち人の渡れど濡れぬえにしあれば」のうち、「濡れる」は男女の情事を示すことばだが、ここでも否定している。

阿部俊子氏「伊勢物語　全訳注」の補説で、この場面を、男が聖域で神に奉仕する未婚の皇女と不義を犯したと理解するむきがあるが、次の表現を正確によむべきであろうとして、四点を挙げ、

「○まだ何事も語らはぬにかへりけり。男いと悲しくて寝ずなりにけり。

○つとめて……わが人をやるべきにしあらねばいと心もとなくて待ちをれば……

○こよひだに人しづめていととく逢はむと思ふに……

○渡れど濡れぬえにしあれば

こう見てくると、たしかにお互いに切なく求めあってはいたけれども、冒瀆の事実はなかったとしてよみとるべきであろうと思う。」

とするが、その通りであろう。

又、「斎宮なりける人」も「斎宮」自身ではなく、「斎宮付の女官」ではなかろうか。男の相手が斎宮ではなく、女官では物語としておもしろ味に欠けるが、ここは斎宮とは書いてはいないのである。斎宮ならば斎宮と示せばよい。文末では、「斎宮は、水のおの御時、…」とある。この違いは軽視すべきではないと思う。

この斎宮なりける人は、親の言いつけなので、大切にお世話をした。朝には狩に出してやり、夕方帰ってくると自分の所にこさせた。大変手厚くもてなしているが、これは、常に女官にかしずかれている斎宮のなせる業ではない。斎宮とすれば、日常のしばりがあり、自らの意志で動き廻るのは難しかろう。斎宮は皇女であり、世話をされる姫さまとして育てられており、人の世話をするのは苦手であろう。又、男が帰館する時、実際に狩を行ったのならば、殺生したけがれがあるから斎宮その人に接触するのは忌み嫌われたであろう。（狩の使とは実際は地方監察官であったとの説もある）文中に男が「血の涙」を流す場面があるが、これは斎宮寮では禁忌であり、作者のユーモアを感じる。（「血の涙」についてては後にもふれる。）

このように斎宮その人が接待したとは考えにくく、むしろ、斎宮付の女官、女房が世話したとするのが適当であろう。今までは、「斎宮なりける人」と「斎宮」とを同一人としたため、無理があったのである。作者は、この両者を書き分けており、これを見逃してはならないと思うのである。

歴史学者の中に、業平と斎宮恬子（読み方は、やすこ、又は、てんし）との間に、この時男女関係があり、妊娠して子まで成したとの説もあるが、斎宮は女官を初め、斎宮寮の役人たちによって守られており、(監視されていて、)そのような事実があれば、斎宮は廃されていたであろう。恬子は斎宮としての任期を全うしているから、当然、男女関係がなかったと見るのが自然であろう。

これらの点と、私の指摘した掛詞「丑三つ」「憂し見(満)つ」とを考え合わせれば、男と斎宮(又は女官)との男女関係はなかったと見るべきだろう。

掛詞に戻る。

○ついまつ

「続松」はたいまつのことで「つぎまつ」の音便形である。掛詞で「次待つ」の意があり、男の次の機会を待つとの希望を示す。

○おはり

これは地名尾張と、二人の関係もこれで「終わり」であることを示す。

以上、四章段の例を挙げたが、地の文による掛詞が多いのも伊勢物語の特徴の一つなのである。

さて、この六十九段のパロディと思われる物語が、大和物語にあるので紹介しよう。

大和物語百六十八段

仁明帝の御代に良少将《りょう》(後に出家して僧正遍照)という人は大変な色好みで、宮中で女と忍んで逢っていた。続く本文、

「今宵かならずあはむ」と契りたる夜ありけり。女いたう化粧して待つに、音もせず。目をさまして、夜や更けぬらむと思ふほどに、時申す音のしければ、開くに、「丑三つ」と申しけるを聞きて、男のもとに、ふといひやりける。

人心うしみつ今は頼まじよ　といひやりけるに、おどろきて、

夢に見ゆやとねぞすぎにける　とぞつけてやりける。しばしと思ひて、うちやすみけるほどに、寝過ぎにたるになむありける。（以下省略）

この男女の連歌には、傍線部伊勢物語と同じ技法が使用されている。

○うしみつ

丑三つ（時刻）、憂し見つ（満つ）大変辛い目にあっている。

○ね

子（時刻）ね（寝）

これも時刻を利用した掛詞である。但し、ここは連歌中での使用であり、地の文の掛詞は認められない。

これ以外にも、この両段の類似性が認められる場面がある。それは「血の涙」という語を使用している部分である。「血の涙」とは、『全評釈』によれば、

漢語「血涙」の翻訳語。涙が尽きて後に出るという。

伊勢物語六十九段では、

夜ひとよ、さけのみしければ、もはらあひごともえせで、あけば、おはりのくにへたちな

むとすれば、おとこも人しれずちのなみだをながせど、えあはず。夜、やう〳〵あけなむとするほどに……

大和物語では、良少将が出家後、少将の妻子が初瀬の御寺に参詣し、偶然その寺で修業していた少将がこれに気付き、妻子に逢うべきかどうか悩む場面、

されど念じて泣きあかして、朝に見れば、蓑もなにも涙のかかりたる所は、血の涙にてなむありける。……

結局「血の涙」を流し、妻子には逢わないのだった。この場面は、伊勢物語の男を少将に、斎宮なりける人と子供を少将の妻子に入れ替えたパロディと言えよう。

（6）

伊勢物語と掛詞との関連をまとめると、

①章段の平均歌数は、1.7首で、大和物語と同数である。平中物語は3.9首で伊勢、大和物語の二倍以上になる。大和・平中物語は長い物語が多いから、それだけ伊勢物語の歌の果たす役割は大と言えよう。

②掛詞のある歌数の割合は、伊勢物語が約四分の一、大和・平中物語は約二分の一である。これは、伊勢物語の掛詞の使用頻度は他二者に比較して半分程度と言える。

このように伊勢物語の掛詞の使用が少ないのは、歌の受け手が高貴な人、公的、半ば公式な場面の歌が多いのがその要因の一つと言えるであろう。平中物語のように、男女の贈答歌などは掛詞の使用が多くなる傾向がある。

③1首にいくつの掛詞があるか。層について見ると、伊勢物語は、一層が多く、四・五層が多いのが特徴である。大和・平中物語でも一層が多いのは勿論だが、二層はその半分程度に収まっている。伊勢物語の二層は四分の一に減衰している。これは伊勢物語の掛詞を使用した歌は一層のものが多いが、より難度の高い多層の歌も重視していると言えよう。これに対し、平中物語は、四・五層のものは1首と極端に少ないのが特徴である。

④三重掛詞については、大和物語7首、伊勢物語1首、平中物語0首と、圧倒的に大和物語が多い。三重掛詞ともなると難度が高く、しかもその場面設定のため地の文のサポートが欠かせない。このため、伊勢物語の簡潔とされる文体では難しかろう。又、平中物語のような即興の歌のやり取りでもよほどの幸運に恵まれぬ限り無理なのであろう。

⑤以上をまとめると、多層掛詞の伊勢物語、多重掛詞の大和物語、掛詞の使用頻度の高い平中物語と特徴付けることができるであろう。

⑥その他、地の文での掛詞は伊勢物語に多く認められる。

五　伊勢物語　その老いと笑い

(1) はじめに

伊勢物語は、初段の在原業平と思われる男の元服から始まり、最終段、百二十五段の男の死で終了する。この物語は、この男の一代記風に編集されているから、前半を青春の文学とすれば、後半は老いの文学と言えるであろう。

老いの章段はどこから始まるか、それは主人公の男が「翁」(老人の意)と呼ばれる最初の章段、七十六段からである。

(七十六段)

むかし、二条の后の、まだ春宮のみやすん所と申しける時、氏神にまうで給ひけるに、この衛つかさにさぶらひけるおきな、…

(本文は、『伊勢物語全評釈』による。)

ここから最終段まで、五十章段あり、ちょうど四割が老いの文学に相当する。伊勢物語は老人を主人公とした最初の物語なのである。老人を扱ったものに、物語の祖といわれる竹取物語があるが、ここに登場する老人、竹取の翁は主人公ではなく、副役にすぎない。

源氏物語は伊勢物語から多大の影響を受けて成立したとされる。源氏物語は三部に分けられるとするのが通説だが、第一部は主人公の誕生・元服・青春・壮年の物語であり、第二部は老いの物語、三部は主人公は子や孫たちに交替する。後にも触れるが、この第二部の老いをテーマにした物語は高い評価を受けている。このように源氏物語も約三分の一が老いを扱ったものなのである。

（2）男の死

まず、最終段、百二十五段から見ていこう。

（百二十五段）
むかし、おとこ、わづらひて、心地しぬべくおぼえければ、
つゐにゆくみちとはかねてきゝしかど、
きのふけふとはおもはざりしを

（訳）
昔、男が病気になり、気分（が悪く）死にそうに思われたので、最後に行く道とは、以前から知っていたが、（その死が）昨日や今日のこととは思っていなかったのに。

これは業平の辞世の歌として古今集「巻第十六　哀傷歌」に次のような詞書とともにある。

やまひしてよはくなりにける時、よめる

なりひらの朝臣

歌は同じ（本文は『古今和歌集全評釈』による。）

伊勢物語本文も古今集の詞書も大差ないといえる。この辞世の歌の解釈については、第四句「きのふけふ」について諸説あり、

1、さしせまった現在（通説）

2、昨日、今日と生活している、そんな身近な生活の中にある。（『全評釈』竹岡正夫氏）

これらが主なものだが、私訳は1の通説に従った。この歌は業平の歌にしては、大げさな表現や飛躍もなく、平凡なだけに親しみを感じる。但し、「きのふけふ」にかすかなユーモアを感じさせる。いかに人生儚いと言っても昨日死ぬことはない。もし、ここが「今日や明日」ならば普通の表現だが、平凡すぎておもしろ味に欠ける。

古今集では、この業平の辞世の歌につづいて、在原滋春《しげはる》の巻末の歌、

かひのくにゝ、あひしりて侍りける人とぶらはむとてまかりけるを、みち中にて、にはかにやまひをして、いま〳〵となりにければ、よみて、京にもてまかりて母に見せよといひて、人につけ侍りけるうた　在原しげはる

かりそめのゆきかひぢとぞ思ひこし

今はかぎりのかどでなりけり

滋春の父は業平であり、業平の辞世の歌を意識しているような詠みぶりである。歌中の「かりそめのゆきかひぢ」に「甲斐路」は掛詞としてあり、ここの訳は「甲斐（今の山梨県）への

道中は、ほんのかりそめの往復と思っていたが」となる。こちらは、急な発病で、詞書の「京にもてまかりて母に見せよ」が哀れである。滋春は業平の次男で、その母については誰だか確かなことは分からない。

古今集「巻十六、哀傷歌」は、34首採られているが、この最終2首が業平親子の歌となる。この巻は、哀悼の歌が大部分で、辞世の歌は最後の6首のみである。この配列も他人の死を悼んでいても、いずれ自分のことですよの配慮と取れる。それはさておき、辞世の歌6首のうち、巻末2首が業平親子とは並々ならぬ編集者の好意を感じる。古今集「巻第一春哥上」の巻頭を飾るのが、在原元方（業平の長男、棟梁《むねやな》の子）の立春の歌であることを考え併せると、今井源衛氏『在原業平』の述べるごとくよりその感を深くする。

（3）男の晩年

続いて、百二十四段を検討したい。この章段は、最終章段の直前に置かれている。ここには晩年に至った境地が述べられており、章段配置の妙がある。

（百二十四段）

むかし、おとこ、いかなりける事を思ひけるおりにか、よめる、

おもふことといはでぞたゞにやみぬべき
我とひとしき人しなければ

（訳）

昔、男が、いかなる事を思った時であろうか、詠んだ（歌）は、

思うことを言わないで、そのまま黙っていよう。自分と同じような心の人はいないのだから。

この章段の「評」で『全評釈』は次のように述べている。

当時、憂き世の中に対するこの種の諦観的述懐の歌は、古今集以後、漢詩にならい、一つのジャンルとして、主に雑の部に多く収められている。業平のこれらの歌も、その類と解するのが正しい。

それを、最後の終焉の段の前に置いて、『鑑賞』も言う通り、一種の悟りの境地に達した男の述懐といった効果を、編集の上で上げているといえよう。

以上、引用させていただいたが、なるほどと思われる。なお、右の文中『鑑賞』は、片桐洋一氏著「鑑賞日本文学第五巻」のことで、片桐氏は、この章段を次の終焉の前に置いた編纂者に敬意を表したいと思うと述べ、

章段としても短く要領を得ず、和歌としても特に優れた和歌というわけではないが、終焉の段の前に置いて、一生を振り返った主人公の思いとしたところに編者の功がある。ここに置いたゆえに、読者の心にいつまでも残り、いつまでも口ずさまれる歌となりえているのである。

このように評しているが、その通りであろう。しかし、十分かと言うとそうではない。この

章段には、隠されたあるものがある。その解明がなければ十分とは言えない。

隠されたものとは何か。それは折句である。

おもふこと　いはでぞたゞに　やみぬべき
われとひとしき　ひとしなければ
この歌には折句で「おいやわひ」「老いや侘び」が隠されている。これは、「老いとは侘しいものなのだろうか」の意味となろう。作者が、地の文で「いかなりける事を思ひける折にか」とぼかしたのも、この折句を生かすためなのである。「老いを感じた折」などとしたら、折句の効果が出ない。この意味で、章段の配置といい、地の文の表現も極めて巧妙と言えよう。

主人公の到達した境地は「老いや侘び」であったのである。ここは「自分と同じような人はいない」だけでは不十分なのである。作者がこの章段を「男の死」の前に置いたのは、この折句を生かすためでもあったのである。

続いて大和物語の業平の終焉を取り上げる。

（大和物語　百六十五段）

水尾の帝の御時、左大弁のむすめ、弁の御息所とていますかりけるを、帝御ぐしおろしたまうてのちにひとりいますかりけるを、在中将しのびて通ひけり。中将、病いとおもくしてわづらひけるを、もとの妻どももあり、これはいとしのびてあることとなれば、えいきもとぶらひたまはず、しのびしのびになむとぶらひけること日々にありけり。さるに、とはぬ日なむありけるに、病もいとおもりて、その日になりにけり。中将のもとより、

つれづれといとど心のわびしきに
　けふはとはずて暮してむとや

とておこせたり。「よはくなりにたり」とて、いといたく泣きさわぎて、返りごとなどもせむとするほどに、「死にけり」と聞きて、いといみじかりけり。死なむとすること、今々となりてよみたりける。

つひにゆく道とはかねて聞きしかど
　きのふけふとは思はざりしを

とよみてなむ絶えはてにける。

（本文は「日本古典文学全集　大和物語」による）

大和物語の百六十一段から百六十六段の六章段は、伊勢物語との関連が深く、前者が後者の影響を強く受けているとされる。この百六十五段は、現伊勢物語にはなく、辞世の歌のみ共通である。業平の死に関する記述では大和物語の方が大部詳しく、古くはこのような本文を持つ伊勢物語が存在したのであろうか。

共通する辞世の歌の部分でも、伊勢物語百二十五段の地の文は簡略で、古今集の詞書と同じようである。

大和物語では、業平は病気が重くなって寝込んでいる。弁の御息所は、業平の妻に遠慮して見舞いに行けず、毎日、見舞いの文を届けていた。ところが、その文を出さない日がありたまたまその日に業平は、重篤となり、臨終の日となってしまった。中将から歌が届く。

「つれづれと…」の歌の訳

　寂しくとてもつらい思いでいるのに、あなたは今日はお見舞い下さらないのですか。

　この後に、辞世の歌が続く。

　この「つれづれと…」の歌は、人間味のある素直な歌ではあるが、あまりにも弱々しくさっそうとした業平像は浮かんではこない。伊勢物語の作者はこのように弱った業平の部分を切り捨て、代わりに百二十四段の「思ふことといはでぞたゞやみぬべき」と用いたのではなかろうか。実際は大和物語の方だろうが、それではあわれみを乞うようで惨めである。伊勢物語の方が理想化された業平像があると言えよう。

（4）業平の死

業平は、元慶四年（八八〇年）五月二十八日死亡、五十六歳であった。

当時の公的記録である「三代實録」の卒伝によれば、

（五月）廿八日辛巳《かのとみ》。従四位上行右近衛権中将兼美濃権守在原業平卒。

で始まり、人物評は「業平體貌閑麗。放縦不拘。略無㆓才学㆒。善作㆓倭歌㆒。」（その他、省略。一部漢字で新字体を用いた。）この評価を現代語訳すると、

　顔つき、体つきは、おっとりとして美しい。ものに拘《こだわ》ることなく、勝手気ままである。ほぼ漢学の才はない。和歌を作るのがうまい。

このうち容貌等については、大変なほめようである。武官の道を歩んだ業平は、父の阿保《あぼ》親王に似て、体格は立派、美男子で品があった。「勝手気まま」なのは、その生まれにもよる。母の伊都《いと》内親王から生まれた一人っ子であるから、何不自由なく、甘やかされて育ったのであろう。業平には、行平も含め二人の兄と弟が一人いたが、その母は阿保親王が九州大宰府に流されていた頃、得た妻で詳しいことは不明だが、親王が許されて帰京した時、子供たちと共に親王の邸に移り住んでいたのであろう。行平の母は、親王との身分差が大きく、侍女的な扱いであったろう。

子供の中でも業平は別格の存在であった。さらに、伊都内親王は身分の高さだけではなく、富豪としても知られ、母方の一族は今の大阪府八尾市周辺を基盤とした帰化人系の葛井《ふじい》氏であり、こちらからの援助もあり、経済的には困ることはなかった。現在、伊都内親王が興福寺に多くの田畑を寄進した「伊都内親王願文」が国宝とされて残っているから相当裕福だったのは確かである。

業平が「勝手気まま」なのは、これが許される素地があったのである。同じ兄弟でも行平などはそうはいかない。母方一族の援助は期待できないし、逆に援助を求められる側だったかもしれない。この兄弟仲が良かったらしいのは、伊勢物語のいくつかの章段から分かる。この行平は、行政官としても優秀で、正三位中納言まで出世している。

業平が「勝手気まま」なのが許されたのは、出自の良さ、豊かな経済力の他にさらに重大なことがあった。それは藤原氏上層部（藤原良房や基経ら）の庇護があったことである。これは業平らの父、阿保親王に関わることである。阿保親王は承和《じょうわ》の変（承和九年八四二年）の発端となる密告者の役割を図らずも果たすことになる。（親王五十一歳、業平十八歳時）この密告を利用して、中納言藤原良房らは反対派を一掃し、藤原北家繁栄の基盤を固めることができた。一方、親王は自らの行為が多大な影響を与え、犠牲者も広範囲に及んだため、驚き悲嘆にくれたのであろう、自邸に引き籠ったまま、事件発端から三ケ月余りで他界。その葬儀での宣命は「密告の功をたたえ、遺族の面倒は見るから安らかに、あの世に赴け」（「續日本後紀」）というものであった。

親王を裏切り者にすることによって、自分たちは手を汚すことなく、多大な成果をあげた。しかし、良房らにも、親王を政治的に利用した後ろめたさがあったであろう。親王を成仏させるために、この約束はどうしても守らねばならなかったのである。伊勢物語百一段「咲く花の…」を詠んだ業平に、周りの人々が「どうしてこんな歌を詠むのか」と詰問する。ところが業平が良房の名を出した途端、皆、黙りこんでしまった。良房には、大きな貸しがあることは周知のことであったのである。

次に「略《ほぼ》才学無し」を検討する。ここの才学とは、学問、音楽、武芸などの才能を言うと思われる。確かに、業平が楽器がうまく弾けたとか、武芸面でも優れていたという話は聞かない。但し、学問については、当時は漢詩文に関することであり、業平にはこれと言った漢詩文が残されていない。このことから、漢詩文は苦手だが、和歌はすばらしいのを作った。このような意味ではなかろうか。

賀茂真淵は、「無」は「有」の誤りとする説を紹介し、自らもこの説を支持している。（「伊勢物語古意」）が、この説を採ることは無理である。「三代実録」は公文書であるが、誤りがないとは言えない。しかし、この場合は、「無」の方が、文章として落ち着いている。ここが「略《ほぼ》才学有り」は落ちつかないし、「才学」の内に、和歌を作る才能も含まれてしまう恐れがあろう。この評は対句になっていて、褒める・貶す・貶す・褒めるの順の構成である。

「三代実録」は延喜元年（九〇一年）の成立であり、業平の死後、約二十年しか経過していない。中国の史官が前王朝を冷徹に描くことは可能であろう。しかし、この場合は関係者、特に遺族の目があり、厳しく書けば恨まれるであろう。

ここで、百一段に登場する藤原良近に触れる。良近は、行平・業平との親交があり仲が良かった人物と思われる。その良近も「無学術」と書かれている。

容儀可ㇾ観。風望清美。雖ㇾ無二学術一。以二政理一見《れ》ㇾ推、

（「三代実録」貞観十七年九月九日、一部抜粋、新字体に改めた漢字有り）

これについて、今井源衛氏（前出）は次のように述べている。

太政官の右中弁になるくらいだから、良近とても、ろくに漢字が読めないような人ではよもやあるまい。学の有無も程度の問題で、とくに漢詩文の造詣が深くはなかったぐらいの意味であろう。でなければ「政理」をもって人にほめられるはずがない。

この今井氏の言う通りであろう。業平の「略才学無し」にしても、ほめ言葉でないのは確かだが、漢学の素養がないと言う意味ではなく、漢詩文の造詣は深くはない意ならば、遺族もし

ぶしぶながら納得したのではなかろうか。良近の記事も全体として見れば、大変好意的に描かれており、大酒飲みで力持ちのエピソードなど好人物として記録されている。

（5）平安時代の寿命

業平は五十六歳で亡くなったが、当時の人々の寿命はどのくらいだったのだろうか。

服部敏良氏は『王朝貴族の病状診断』の「（付）平安時代公卿の平均死亡年齢」の部分で、『公卿補任《ぶにん》』を調査し、その平均死亡年齢を算出している。これを参考にすると、氏は、平安時代の死亡年齢の明らかな二百七十名を調べ、次のように述べている。

五十歳代で死亡したものが圧倒的に多く、六十歳以上で死亡したものは、全例の五〇・二パーセントを占め、全例の平均死亡年齢は、六〇・〇四歳となり、比較的長命を保ったことを知り得た。

服部氏は公卿の平均死亡年齢を約六〇歳とする。又、この時代の著名人と比較し、こちらは六一・四となり、大差はないとする。興味深いのは、平安貴族女性の死亡年齢が五一・三で八歳程度低いことである。これは、早婚、妊娠、出産等による肉体的・精神的悪影響によるとしている。さらに、鎌倉・室町時代の著名人の平均死亡年齢を比較してあるので、先の平安時代とを合わせて挙げると、

著名人平均死亡年齢

平安時代　六一・四
鎌倉時代　六一・四
室町時代　六〇・四

これらについて、服部氏は次のように述べている。

わが国人の平均寿齢は年々上昇し、最近では七十余歳となっている。（本書の刊行は昭和五十年…筆者注）寿命が延びたことも一因であろうが、その最大の要因は、乳幼時期の死亡者の減少であり、そのため平均寿齢が高くなったのである。したがって、乳幼時期を生き延びたものが、六十余歳の平均寿齢を保ち得ることは、前記の通り、平安・鎌倉・室町時代を通じ、ほとんど同様である。

以上、教えられる所多いが、平均寿命の点から見ると、問題がない訳ではない。それは「公卿補任」に載る人物は高位高官の人物ばかりであり、一部の人を除いてそこまで到達するのは容易ではなく、ある程度の年数がかかる。「著名人」にしても同じことが言える。ある分野で活躍し、名前が残り、死亡年齢まで判明するとなると、年若くして死んだ人は残らない。そのため、平均値は高めに算出される可能性があり、その他多数の貴族や一般庶民に当てはめるのは難しいであろう。

続いて、平均寿命について検討してみたい。松崎俊久氏編『寿命』（昭和五十九年刊）の中の、「過去における日本人の寿命の推移」（この部分は菱沼従尹《しげかず》氏執筆）によれば、次のようになる。（以下、筆者なりに要点をまとめ、箇条書きにしたものである。）

1、縄文時代の平均寿命は男女とも一四・六歳と推定される。これは、日大、小林和正教授の人骨調査の結果から、菱沼氏の知見を加えて導き出したものである。

2、弥生時代、古墳時代は出土人骨は少なく、はっきりと結論を出せないが、平均死亡年齢などから見て、縄文時代と違いがないと思われる。

3、室町時代の平均寿命は一五・二歳と推定される。古墳時代から室町時代にとぶのはこの間の人骨の出土が少ないためである。

4、江戸時代の平均寿命は二〇・三歳と推定される。これは小林教授が東京都江東区深川の墓地から発見された人骨（墓石から江戸中期以降のものと認定）を調査した結果から、菱沼氏の知見を加えて導き出したものである。その他、寺の過去帳などの調査などから、平均寿命は、江戸中期以降、二〇歳そこそこで終始したと断定しても差し支えなかろう、としている。

この菱沼氏の研究には、平安時代の数値がないのは残念だが、平安貴族の上層部には火葬の習慣があり、それ以外は土葬、（貴族たちの墳墓の大部分は土饅頭であったとする田中久夫氏の研究がある。「墓地　日本文化の探及」による）風葬とさまざまだが、庶民に至っては山や河原に運んでそのまま放置するのも多かったようだ。このため人骨の発見は難しいのだろう。

さて、当時の貴族の子弟はほぼ十二歳から十八歳で元服を行う。（女子は裳着）この年齢から一人前と認められた訳である。しかし、この儀式は成人に達したという意味の他に、乳幼児期の生命の危機を脱したとの祝いも含まれていたのである。

一方、老年に達する年齢は四十であり、伊勢物語九十七段で、太政大臣藤原基経の四十の賀があり、中将なりける翁（業平）がお祝いの歌を詠んでいる。その後、十年ごとにお祝いをする習慣があった。

業平の場合、十六歳で元服したと思われ（今井源衛氏年表による）、その後、五十六歳まで生き参議までもう一歩の所であった。著名人平均死亡年齢には及ばないが、長寿であったのは勿論である。

晩年の業平の生活はどうであったろうか。母の死後は、市中の邸宅と富を引き継ぎ優雅な生活を送れたであろう。十六段に紀有常の妻が尼になる際、有常には贈るものがなく、代わりに友だちが同情して夜具を贈るという話がある。この友だちとは業平を暗に示している。有常の女を、業平は妻にしているから、業平から見れば義理の父に当たる。いかに有常が時世に合わず落ちぶれたとしても、各地の権守を歴任しているから経済的に困るはずはない。ではなぜこのような虚構が生まれたのか。それは業平にはあくせくしなくてもよい別格の富があったためであろう。四十一段の姉妹の物語も同様な趣旨ではなかろうか。

晩年の藤原氏との関係はどうであったろうか。当時の第一人者右大臣基経の四十賀に招かれ歌まで詠んでいるのだから悪いはずはない。又、左大臣の源融とも気が合ったらしい。融は趣味の人でその富に任せて、賀茂川のほとり、六条あたりに豪邸を建て、庭を陸奥《むつ》の国の風景に似せて作り、海水まで運ばせて魚や貝まで住まわせていたと言う。そこへ親王たちを招いて宴を張り、そこに控えていた「乞食の老人」（業平と思われる）が、このお邸を褒める歌を詠む。（八十一段）

しほがまにいつかきにけむ　あさなぎに
つりするふねはこゝによらなん

（訳）
塩釜にいつの間にきてしまったのだろう。朝なぎに釣りする舟はここに寄ってほしいものだ。

業平は融が「塩釜に来たようだ」と言われるのが一番うれしいのを知って詠んでいるのである。東下りは実は融の趣味で、自分では行けないから、業平と思われる男に巡回させたかも知れない。融も江戸の俳人芭蕉に似て風狂の人であった。元慶二年正月、藤原基経と融が対立し、それを収めるための綸旨を伝える勅使として融宅を訪問している。（三代実録）これなどは両方ともに親しい業平が適任として選ばれたのであろう。

（6）業平の死因

最晩年、五十五歳の時、業平は蔵人頭に抜擢されている。この職は帝の側近として仕える一種の出世コースである。前例などから見て、一年ほど無事勤めれば参議へ出世できよう。今上は陽成帝で、母は二条の后（高子《たかいこ》）であるから、高子の強い意向があったかとされるが、蔵人頭は要職だから、藤原基経ら藤原氏の信頼がなければ任ぜられることはない。

「職事補任」の一部を抜粋する。

陽成院
　蔵人頭
（一名省略）
左《ママ》近中将従四位上　在原業平同三年十月補。
　　　　　　　　　　　　同四年五月月《ママ》八日卒。
権左中弁従四位下　藤春景元慶四年二月補。
　　　　　　　　　五年九月九日依二不仕一解。
（三名省略）

（「新校羣書類従二巻　巻第四十六」による。漢字を新字体に改めた。又、異本の注記は省略した。）

この「職事補任」によれば、業平の任官が元慶三年（八七九年）十月であり、次の藤原春景の任官が同四年（八八〇年）二月である。

業平が蔵人頭であった期間は四ケ月弱に過ぎない。業平は当時五十五歳であり、激務からくる疲労や、冬期の寒さから風邪などをこじらせたか。解任されたとの記事はないから、寝込んでしまい出仕できないため辞任したのではなかろうか。

今まで業平の死因は不明とされてきたが、これら蔵人頭の辞任の理由を探ることで解明できると私は思うのである。

『彰考館文庫文伊勢物語抄』（片桐洋一著「伊勢物語の研究〔資料篇〕」による）には、次のような記述がある。

百二十五

昔、男、わづらひて心地しぬべくおぼえければ、元慶四年正月上旬、其頃より御風のけおはしけるが、日々におもり給て、よはくみえ給ければ、むかしわすれずおぼしければ、人ぎゝをもはゞかり給はず。いまはかぎりのわかれなればとて、二条のきさきも、染殿の后も、しのびて、みな御とぶらひにおはしましけり。五条の后したがふこは貞観十三年にうせ給にしかばおはしまさず。大納言安世の御女、大納言のつぼねぞ看病はしたまひける。（以下、「大和物語云」以降省略）

この「伊勢物語抄」によれば、業平は元慶四年正月上旬より「風のけ」があり、しだいに重くなり弱っていったとあり、先の「職事補任」の記事とよく符合する。

業平は前年十月に蔵人頭に任官するが、翌年正月上旬、風邪をひき、しだいに悪化して出仕かなわず、同月中に辞任したのであろう。なお、「風」には、風邪・感冒の他に、癪《しゃく》（腹などに激痛をもたらす慢性の病気、さしこみ）、下痢等の症状を指すことがあるが、ここはいわゆる風邪をこじらせたでよかろう。

先に述べた「王朝貴族の病状診断」の中で、服部氏は、平安時代の文学・古記録等の調査により「風病」には、一、現今の感冒と思われる病気、二、明らかに中枢神経系に属する疾患と思われるもの、三、症状の不明なものの三種に分けている。死亡するその日に文を出し、辞世の歌を詠んでいるから二を除けば、氏の分類によれば一か三になろう。

この業平の場合、高齢のこともあり、風邪をこじらせ、肺炎を引き起こしそのまま寝込んでしまい死に至ったと断定してよいと思う。業平の死亡診断書は「感冒性肺炎」となろう。又、「伊勢物語抄」には、かつての恋人、二条の后もお忍びで病気見舞に訪れたとあるが、これも全く架空の話ではなく、蔵人頭職にある人物なので当然、見舞の文ぐらいは届けたろうし、内々に見舞に訪れた可能性は否定できない。これら「伊勢物語抄」の業平の病状等は信頼できると私には思われるのである。

（7）老いと笑い

まず、四十段を検討しよう。

（四十段）

昔、わかきおとこ、けしうはあらぬ女を思ひけり。さかしらするおやありて、思ひもぞつくとて、この女をほかへをひやらむとす。さこそいへ、まだをいやらず。人のこなれば、まだ心いきおひなかりければ、とゞむるいきおひなし。女も、いやしければ、すまふちからなし。さるあひだに、おもひはいやまさりにまさる。にはかに、おや、この女をゝひうつ。おとこ、ちのなみだをながせども、とゞむるよしなし。ゐていでゝいぬ。おとこ、なく〳〵よめる、

いでゝいなば　誰か別れのかたからん
ありしにまさるけふはかなしも

とよみて、たえいりにけり。

おや、あはてにけり。「猶思ひてこそいひしか。いとかくしもあらじ」とおもふに、しんじちにたえいりにければ、まどひて、願たてけり。けふのいりあひ許にたえいりて、又の日のいぬの時ばかりになんからうしていきいでたりける。

むかしのわか人は、さるすける物思ひをなんしける。いまのおきな、まさにしなむや。

この段は、親が息子の恋する使用人の女を追い出す。身分違いの二人が結ばれるのを嫌ったためである。若者は血の涙を流して悲しんだがどうしようもなかった。若者は泣く〳〵歌を詠み、そのまま気を失ってしまう。親はあわてふためいて願たてなどをする。男は日没時に息が絶え、翌日午後八時頃息をふき返した。昔の若者はそんな真剣な恋愛をしたのである。今の老人はできようか。

この段で、問題とされ、諸説あるのは最終文「今の翁まさにしなんや」である。この「今の翁」は結びの文としては適当ではなく、普通なら「今の若人」とする所であろう。ただ、こうすると常識的すぎておもしろ味に欠けるきらいがある。これを語りの場としよう。語り手は当然翁（高齢者）であろう。このような場で、聞き手が若者ならば、「今の老人はできません」では成立しない。元々、若者は老人にそんなことは期待しないからである。とすれば、このことばの対象は老人（高齢者）と見ていいだろう。本来は「今の若人」とすべき所を、目の前の翁たちを見て「今の翁」と言い換えた語り手のユーモアと解せよう。このように見ていくと、この章段は若者の恋愛の話だが、老人が老人に向かって語っていると思われるのである。ここは老人向けの話なのである。このように伊勢物語の中には老人を対象にした章段がいくつか認められる。

続いて五十九段を検討する。ここにも息をふきかえした男が登場する。

(五十九段)

むかし、おとこ、京をいかゞ思ひけん、ひむがし山にすまんと思ひいりて、

すみわびぬ　今はかぎりと山ざとに

身をかくすべきやどもとめてん

かくて、物いたくやみて、しにいりたりければ、おもてに水をそゝきなどして、いきいでゝ、

わがうへに露ぞをくなる　あまの河

とわたるふねのかいのしづくか

となむいひて、いきいでたりける。

この章段の「わがうへに…」の歌について、織田正吉氏(『日本のユーモア2』)で次のように述べている。

『古今集』では「わが上に」が「わが衣の上に」の意味だが、『伊勢物語』では付加えられたフィクションによって、「わが顔の上に」に注がれた水になる。瀕死の重病人が顔に水をかけられて蘇生し、「天の川門を渡る舟の櫂のしずくが垂れてきたのか」とうわごとのようにつぶやくのにも笑いを誘われるが、『古今集』よみ人しらずの歌の意味の思いがけない変化に、もとの歌を知る当時の読者は笑いを誘われたに違いない。

以上、引用させていただいたが、織田氏のいう通りであろう。伊勢物語にはいろいろな所に笑いの要素が隠されている。これは物語には「笑い」が必要不可決なものなのであろう。ここは織田氏の解説で十分だが、私なりに蛇足を付け加えたい。

「わがうへに…」の歌は「題しらず　よみ人しらず」として、「巻第十七　雑歌上」の巻頭にある。その前は、「巻第十六　哀傷歌」の巻末「在原滋春」の辞世の歌である。（もう一つ先は、業平の歌…これらについては先述した。）すなわち、巻第十六の巻末に「業平親子」の辞世の歌があるのを知り、さらに続く巻十七の巻頭の歌をうまく利用して、業平らの蘇生を試みたと思われるのである。五十九段は「むかし、おとこ、京をいかゞ思ひけん…」といかにも業平の東下りの風の書き出しである。古今集の歌の配置は春の次は夏、夏の次は秋と続く。それならば、人の死でも次は再生がくるはずである。古今集の配列を詳しく知る人のみに分かるユーモアであろうと思われる。伊勢物語はさりげなく笑いの仕掛けが隠されている油断ならない文章なのである。

次に八十八段を検討する。先に四十段は「翁」対象の物語としたが、この章段も「若きにはあらぬ友達の集い」がでてくる。

（八十八段）

昔、いとわかきにはあらぬ、これかれ、ともだちどもあつまりて、月を見て、それがなかに、ひとり、

おほかたは月をもめでじ　これぞこの

つもれば人のおいとなる物

（訳）
昔、さほど若くない、幾人かの友達が集まり、月を見ていたが、その中の一人が（詠んだ歌）よほどのことない限り月を賞讃するのはやめよう。この月こそ積もれば人の老いとなるものだから。

「おほかたは…」の歌は、「古今集」（巻第十七　雑歌上）に採られており、業平の歌である。この章段はそろそろ老いのことが心配になってくる人々の集いである。当時、若いとは元服から二十数歳ぐらいを言うからずいぶん幅が狭い。女性の初婚年齢なども、現代と比べて非常に若い。

ちなみに、「源氏物語」の光源氏とその妻たちの結婚年齢を挙げると光源氏十二歳―葵君十六歳、光源氏二十一歳―紫上十一～十三歳、光源氏二十七歳―明石君二十歳ほど、光源氏四十歳―女三の宮十三・十四歳で、この女君の平均結婚年齢（推定も含む）は十五、十六歳となる。特に女君の場合、二十歳を超えると年増に見られたらしい。伊勢物語の業平の恋の相手とされる、高子（後の二条の后、陽成帝の母）の入内時の年齢は二十五歳だから、ずいぶん遅いと見られたであろう。

本文に戻り、「さほど若くない」年齢とはどのくらいを言うのであろうか。大まかに人生を五期に分ければ、

1　一～十一歳　乳幼児・少年少女期

2　十二〜二十歳　青年期
3　二十一〜三十歳　壮年期
4　三十一〜三十九歳　中年期
5　四十歳〜　老年期

このように分けた場合、若くもなく、老いを意識する年齢となると、3期から4期にかかる頃、三十歳前後とするのが妥当であろう。

次に月と年齢との関連を述べると、「つもれば」とは、年月が重なればの意である。この年月が多く重なれば老いを迎えることになるから、当時、月を眺めるのを忌む習慣があった。竹取物語には、かぐや姫が月を眺めているのを見て、「月の顔見るは、忌むこと」と制している。

この章段の人々は、そろそろ老いが気になってくる年代なのである。若い時は気づかなくても、老いらくの道は身近なところまですぐに来てしまうものなのであろう。

（8）老いらくの恋

伊勢物語には、さまざまな愛の形が示されているが、第六十三段の老女との愛は究極の色好み業平を描いている。かなり戯画化されているが、作者はこの老女に温かい目を注いでおり、人間のどうにもならない性《さが》を肯定的に捉えている物語として評価されるべきであろう。残念ながら、源氏物語の老女源典侍は滑稽の対象でしかない。落窪物語の老人典薬助《てんやくのすけ》も然りである。

先述したが、源氏物語第二部では、光源氏と女三の宮の結婚がある。光源氏四十歳、女三の宮十三、十四歳であった。光源氏にとっては初老の結婚であるが、これは希望しない結婚の感が強く、老いらくの恋とは遠いと思われる。

（六十三段）

むかし、世ごゝろつける女、「いかで心なさけあらむおとこにあひえてしかな」とおもへど、いひいでむもたよりなさに、まことならぬ夢がたりをす。子三人をよびてかたりけり。ふたりのこは、なさけなくいらへてやみぬ。さぶらうなりける子なん、「よき御おとこぞいでこむ」とあはするに、この女、けしきいとよし。「こと人はいとなさけなし。いかでこの在五中将にあはせてし哉」と思ふ心あり。かりしありきけるに、いきあひて、みちにて、むまのくちをとりて、「かうくなむ思ふ」といひければ、あはれがりて、きてねにけり。さてのち、おとこ、見えざりければ、女、おとこの家にいきて、かいまみけるを、おとこ、ほのかに見て、

もゝとせにひとゝせたらぬつくもがみ
　我をこふらし　おもかげに見ゆ

とて、いでたつけしきを見て、むばら・からたちにかゝりて、家にきて、うちふせり。おとこ、かの女のせしやうにしのびてたてりて見れば、女、なげきて、ぬとて、

　さむしろに衣かたしきこよひもや
　　こひしき人にあはでのみねむ

とよみけるを、おとこ、「あはれ」と思ひて、その夜はねにけり。世の中のれいとして、おもふをばおもひ、おもはぬをばおもはぬ物を、この人は、おもふをもおもはぬをも、けぢめ見せぬ心なんありける。

（訳・一部のみ）

（男の歌）百歳に一歳足りない白髪の老女が私を恋しく思っているらしい。その面影が見えるよ。

（老女の歌）むしろに衣の片袖を敷いて、今夜も恋しい人に逢わないで一人だけで寝るのだろうか。

（最終の一文）世間の例として、好きな人を愛し、好きでもない人は愛さないものだが、この人は好きな人も好きでもない人も、差別しない心を持っていた。

業平が中将に昇任して、「在五中将」と呼ばれるようになったのは、貞観十九年正月十七日のことで、「左近権中将」となった。（『三十六人歌仙伝』による）この時五十三歳であった。但し、「三代実録」では右近とするから、右近が正しいと思われる。

一方、老女の方はどのくらいの年齢だったのだろうか。「百歳に一歳足りない」から、九十九歳とするのは高齢すぎよう。ここは、漢詩「離合詩」の影響によることば遊びで、単に老女の白髪の「白」を導き出すためのようである。老女は介護者なしで、業平邸まで出かけ、業平が訪問しそうな気配を感じ取ると、いばら、からたちの棘などものともせず、自宅にとって返し、寝たふりをして、男がやってくると歌を詠む。目や勘もよい。足も早く、機転の利いた歌を詠んでいるから頭も良い。

古注『知顕抄』によれば、この老女は零落した小野小町で、元慶元年（貞観十九年を改元）のこととし、小町は六十九歳。業平は先に述べたが五十三歳である。これはよくできた話で、伝説としてはおもしろいが、にわかには信じ難い。老女の年齢は高すぎるが、99と69で、9を揃えたのであろう。

この章段の功績は、老人の性を明るく肯定的に扱ったことであろう。伊勢物語はさまざまな愛を描写しているが、これもその一つ、すぐれた章段として高く評価したい。

最終行の一文に移る前に、万葉集に老女の恋の話があり、これとの関連性を含め検討したい。

「万葉集　巻第二」

石川女郎《いらつめ》、大伴宿禰《すくねたぬし》田主に贈る歌一首

126みやびをと　我は聞けるを　やど貸さず
我を帰せり　おそのみやびを

（本文は『日本古典文学全集』による。一部省略した部分がある。訳文は筆者による）

（訳）

あなたを風流人だと私は聞いていたのに、宿も貸さず私を帰した。お馬鹿な風流人だこと。

この歌に続いて、長い左注があり、要約して示すと、

大伴田主は容姿佳艶、風流秀絶、大変な美男子であった。石川女郎という人がいて、どうしても一緒に暮らしたいと思い、一計を案じて、いやしい老婆に変装し、鍋を自ら持ち、

田主の寝室の近くにまで行く。しわがれ声で足もよろよろと、戸を叩いて作りごとを言った。「東隣の貧しい女が火を借りにきました。」田主は暗くて、相手の気持が理解できず、火を貸し、そのまま女を帰した。翌日、女は自らおしかけて行ったことを恥じ、又、相手を恨む気持もあり、このような歌を贈ったのである。

この歌の返事は
大伴宿禰田主の報《こた》へ贈る歌一首
127 みやびをに　我はありけり　やど貸さず
帰しし我そ　みやびをにはある

（訳）

風流人で私はあったのですよ。宿を貸さずに帰した私こそ風流人なのですよ。

この「石川女郎」については、万葉集に何回もでてくるが、同一人かは不明である。男の大伴田主は旅人の弟に当たる。この二人の議論はかみ合わないが、注目すべきは女がわざわざ、「賤しい嫗《おみな》」に変装して行ったことである。この行為の根底には「風流士《みやびを》ならば、相手がどんな貧しい老婆でも、その真情を汲み取り、一夜の契りを結ぶべきだ」との考えがあったのである。そう考えないと、変装の意味がない。ところが男はこれに気付くこともなく、事の真相を知った後も拒否の姿勢は変わらない。これには石川女郎は（怒りに震えて）次のような歌を贈る。

同じ石川女郎、更に大伴田主中郎に贈る歌一首
128 我が聞きし　耳によく似る　葦のうれの

足ひく我が背　つとめたぶべし
右は、中郎の足疾《あしひき》により、この歌を贈りて問訊《もんしん》するなり。

（訳）

私が聞いた噂の通り、葦の穂先のようにふらふら足をひきずる私の大切な君よ、お大事に。

右は、田主が足の病気なので、この歌を贈って見舞ったのである。


石川女郎によれば「大伴田主」は「風流士《みやびを》」失格なのである。

この石川女郎に興味深い一首がある。先の三首に続く歌で、この歌の「石川女郎」は同一人と思われる。


大津皇子の侍《まかだち》石川女郎、大伴宿禰宿奈麻呂《おおとものすくねすくなまろ》に贈る歌一首　女郎、字《あざな》を山田郎女といふ。

宿奈麻呂宿禰は大納言兼大将軍卿の第三子にあたる

129 古りにし　嫗《おみな》にしてや　かくばかり
恋に沈まむ　手童《たわらは》のごと（一に云う、「恋をだに　忍びかねてむ　手童のごと」）

（訳）

年老いた女であっても、これほどまで恋に溺れてしまうものなのでしょうか。まるで幼女のように。（別伝、恋でさえ、辛抱できないものなのでしょうか。まるで幼女のように）

『萬葉集全注巻第二』によれば、石川女郎はすでに四十歳近くに達していて、相手の宿奈麻呂は二十歳台の青年だったとする。とすれば、石川女郎は老婆の恋のさきがけとなろう。

以上、万葉集における老女の恋を見てきた。さて、前者（実は変装）は成就しなかったが、伊勢物語はこの話を受けているように思う。大伴田主には恋愛の対象には、一定の基準がある。ところが業平には、これがないように思える。六十三段の最終文、「この人は、思ふをも思はぬをも、けぢめ見せぬ心なんありける」は、石川女郎のいう「風流士《みやびを》」の体現なのである。ただし、「けぢめ見せぬ」とは言っても、文中

1、「かう〱なむ思ふ」といひければ、あはれがりて

2、とよみけるを、おとこ、「あはれ」と思ひて

このように一定の歯止めはある。これがなければ単なる色情狂になってしまうのであろう。この境界の見極めは難しい。それは社会や時代の寛容さに左右されるからである。なお、田主と石川女郎の話は、中国文芸「遊仙窟」等の影響を指摘されており、「風流士《みやびを》」もそれらから得たもので、当時の新しい価値観であったと思われる。田主の年齢については、稲田耕二氏『萬葉集全注巻第二』で、

田主の生没年は明らかでないが、兄の旅人が持統十年（六九六）に三十二歳だから、持統朝末年に三十歳に足らぬくらいかと推定される。

と述べ、田主の名が史書に見えないのは、三十歳に至らず、五位以下で夭死したかと想像されるとしている。

業平が中将になったのは、八七七年だから約百八十年以前のことであった。

（9）老いの物語

主人公が「翁」と呼ばれた最初の章段は七十六段である。それ以降、翁の登場する章段をまとめて見ていこう。

○七十六段「近衛府にさぶらひける翁」

二条の后が「春宮の御息所」と呼ばれるのは、貞明親王の立太子（貞観十一年二月）から帝になるまで（同十八年十一月）のことで、二条の后（高子）は、二十八～三十五歳となる。業平は十七歳年長と考えられるから、年齢は四十五～五十二歳となり、十分「翁」と呼ばれるに相応しい老人である。

○七十七段「右の馬の頭なりける翁」

文徳帝の女御、多賀幾子の四十九日の法要は貞観元年正月のことと推定される。この時業平は三十五歳であり、右馬頭となるのは貞観七年四十一歳のことである。又、藤原常行が右大将になるのは同八年のことであるから、何か作者の思い違いがあったかと思われる。

○七十八段「右の馬の頭なりける人」

常行が法要帰りに、山科の禅師親王宅を訪れ、右馬頭が歌を詠む。

○七十九段「御祖父がたなりける翁」

行平の女、文子は貞観十七年正月に、貞数親王を生む。業平は五十一歳であった。なお、文末の「時の人、中将の子となむ言ひける」とあるが、業平が中将になったのは五十三歳で合わない。しかし、これは噂話で数年後のものとすれば矛盾はなかろう。

○八十一段「かたゐ翁、だいしきのしたにはひありきて」
源融が左大臣になったのは、貞観十四年のことだから、業平四十八歳のことになる。

「かたゐ翁」（乞食の老人の意）については、左大臣邸に親王たちを招いての宴だから、それに比べれば業平の身分は低い。しかし乞食とは落としすぎであろう。同じように、卑下したと思われることばに「いやし」がある。八十四段「身はいやしながら、母なむ宮なりける」とあり、この頃、業平は従五位下に長く停滞しており、母の内親王に比べて卑しいと言えるだろう。

『全評釈』は乞食について、沢潟久孝氏『万葉集注釈』の説を紹介して「寿詞を唱えて人の戸口に立ち食を乞う者の意である。」としている。

この翁は「陸奥《みち》の国に行きたりけるに」とあり、乞食には同時に各地を巡る漂泊者の意味もある。「東下り」をしたとする翁を、ユーモアを込めて、乞食と見立てたのであろう。
○八十二段「右のむまのかみなりける人」
業平が右馬頭となるのは、先述したように四十一歳である。翁の語はないが、初老の業平と言える。これは惟喬親王のお供をして桜狩りの場面である。
○八十三段「うまのかみなるおきなつかうまつれり」
ここは惟喬親王の出家があり、貞観十四年七月のことだから、業平四十八歳の時である。親王は二十九歳であった。惟喬親王は文徳帝の第一皇子に生まれながら、母が紀氏出身のため、時に合わず、その聡明さを父帝は愛したと言うが帝への道はかなわなかった。業平は紀有常の女を妻としていた。親王の母、紀静子は有常の妹だから、業平の妻と親王とはいとこに当たる。

○八十四段「老いぬれば」の歌

この章段の歌は、「古今集」（巻第十七　雑歌上）に同じような詞書を併って、内親王の歌、その返しとして業平の歌が採られている。長岡隠棲していた母が亡くなるのは、貞観三年九月、業平三十七歳の時である。これはそれ以前のことである。この老母との歌の贈答は感動的である。母子の情愛を扱ったこの章段や八十二・八十三段と続く惟喬親王にお仕えする業平の真情を表わしたこれら一連の物語は傑出しており、伊勢物語の人気を下支えしているのである。

○八十五段「小野に出家した親王を訪ねる」

この章段には、「翁」等の語はないが、八十二段、八十三段に続くものである。

○八十七段「衛うのすけどもあつまりきにけり」

業平が左衛門権佐となるのは貞観五年二月のことで三十九歳であった。これ以後の話であろう。

○九十七段「四十の賀……中将なりける翁」

堀河の大臣とは、当時第一の実力者であった右大臣藤原基経のことである。基経の四十賀は貞観十七年（業平五十一歳）のことで、桜の咲く春のことであったろう。本文「中将なりける翁」は、誤りで中将になるのはこの二年後のことである。

なお、この歌は「古今集」（巻第七　賀歌）業平の歌として採られていて、同じような詞書があるが、

ほりかはのおほいまうちきみの四十賀、九条の家にてしける時に、よめる

とあり、「中将云々」はない。
○九十九段（中将なりける男）
この二つの歌も「古今集」（巻十一　恋哥一）に業平の歌と、返し、よみ人しらずとして採られている。これも同じような詞書があるが、九十七段と同様「中将云々」はない。
○百一段（左兵衛督なりける在原のゆきひら）
この章段は、各登場人物の年代にずれがあり虚構とする『全評釈』の考証がある。

行平の左兵衛督は貞観六年三月より同十四年八月まで。貞観十四年九月太政大臣良房没。

良近は貞観十六年左中弁、翌年九月没。

確かに矛盾があるが、良房生前の貞観十四年のこととすれば、行年五十五歳、業平四十八歳のことになる。
○百七段（あてなる男）
「昔、高貴な男がいた。」という書き出しは珍しい。このあてなる男は、業平と思われる。業平のところに仕えていた女に、内記であった藤原敏行が言い寄る。ところが、女は若くてことばの使い方や歌などを知らない。そこで、業平と思われる男が代筆をする。すっかりだまされた敏行はますます女に引かれるというユーモラスな章段である。内記は文官で、漢詩文の得意な学者の担当職で、敏行が貞観八年から同十二年までである。年齢は明らかではない。業平はこの時四十二〜四十六歳である。業平の妻と敏行とはいとこに当たる。敏行の母は、紀有常、静子とは兄弟であった。

この章段は、業平を高貴な男ともち上げ、その代筆にだまされて、感心しきりの敏行が描かれる。この敏行は歌もうまく、書は特にすぐれていたという。このような敏行が代筆をめでるほど業平の評価も上がる仕掛けがある。

この章段の三つの歌は古今集に採られており、これを順に挙げると、

1（巻第十三恋哥三）

なりひらの朝臣の家に侍りける女のもとによみてつかはしける　としゆきの朝臣

617「つれづれの…」の歌。但し、第四句は「袖のみぬれて」とする本有り。

2（同）

かの女にかはりて返しによめる

なりひらの朝臣

618「あさみこそ…」の歌。

3（巻第十四　恋哥四）

藤原敏行朝臣の、なりひらの朝臣の家なりける女をあひしりて、ふみつかはせりけることばに、「いま、ゝうでく。あめのふりけるをなむ見わづらひ侍る。」といへりけるをきゝて、かの女にかはりてよめりける

在原業平朝臣

705「かずくにに」の歌。

この古今集の3首だけでも、十分おもしろいが、残念なのは、古今集の「恋の歌の配列法」

に従って、1・2と、3とが分離されてしまったことだろう。これを元に戻し、さらに敏行のややオーバーな反応を加えた所がこの章段の見どころである。

(10) 若人と老人

伊勢物語は、業平の一代記風にまとめられ、その元服から死に至るまで描かれている。中にはとても業平とは思えない人物、たとえそれが虚構の姿であったとしても、そのような人物も描かれ、歌にしても別人の作とされるものも混入している。なかでも、業平以外と明確に判明していて、しかも業平が他界して七年目のできごとを扱った百十四段はよく知られている。この章段は光孝帝の芹川行幸時、主人公は業平の兄、行平の話である。行平は他の章段で業平と行動を共にしていたり、行平主催の宴に、業平も顔を出す等の話はある。しかし、この章段は行平のみのエピソードであり、業平は勿論登場しない。なぜこのような話が混入したのか、古くから問題にされたようで、勘物に「或本不可有之云ゝ、多本皆載之、不可止。」とある。

これから、この章段の存在の意味を検討していく。

(百十四段)

むかし、仁和のみかど、せり河に行幸したまひける時、いまはさること、にげなく思ひけれど、もとづきにける事なれば、おほたかのたかゝひにさぶらはせたまひける、すりかりぎぬのたもとに、かきつけゝる、

おきなさび人なとがめそ　かり衣
けふばかりとぞたづもなくなる
おほやけの御けしきあしかりけり。をのがよはひを思ひけれど、わかゝらぬ人は、きゝおひけりとや。

（本文は『全評釈』による。但し、文中の歌の四句、「けふはかり」を「けふばかり」に筆者の判断で改めた。）

（訳）

昔、光孝帝が芹川に行幸なさった時、（男は）今はそのような（役割は）似つわしくないと思ったが、（古式に）基づいた行事なので、（帝は）大鷹の鷹飼として奉仕おさせになる。（男はその時着ていた）摺狩衣のたもとに、次のような歌を書き付けた、

　私を年老いているととがめないで下さい。このような華美な狩衣を身に着けるのは、今日ばかりだと鶴も鳴いているようです。

（これをご覧になって）帝の御機嫌は悪くなられた。（この歌は男が）自分の年齢のことを思って詠んだのだが、若くはない人は自分の身の上のことと聞いたのだとか。

　この光孝帝の芹川行幸は仁和二年（八八六年）十二月十四日に行われた。嵯峨帝の行幸以後、途絶えていたものを復活させ、大々的に行われたらしい。『三代実録』によれば、この日は勅により「参議已上着二摺布衫《さん》行縢《むかばき》一」とあり、行平は参議以上だから、この服装を許可されている。摺布衫は摺狩衣のこと。狩袴（指貫）の上に行縢を着ける等、その他鷹飼の服装は華美

なものであったようだ。

行平はこの時、六十九歳で十分高齢と呼べる年齢であった。光孝帝は五十七歳で、翌年八月崩御。帝にとっても、最初で最後の芹川行幸になったわけである。

この歌については、各説あり解釈も一様でない。特に第四句を、『全評釈』は「けふはかり」とし、これらの部分を次のように訳している。

（……これは私にとっての今日限りの装束ですが、）今日は「狩《かり》」で特別だからと、そら、あんなに鶴も「カリ」と鳴いていますよ。

このように訳し、「今日ばかり」とする通説では、不吉で適切でないとする。例えば、阿部俊子氏『全訳注』はここを次のように解釈している。

私が狩衣をはなやかに着飾って狩のお供をするのは、今日かぎりで鷹にとりころされるとないているときこえる狩場の鶴と同じように、今日が最後と思われますから。

これに対して、『全評釈』は、

このように盛大で威儀を整えた、古式豊かな晴の大鷹狩の行事に際して、さように不吉で礼を失した歌を詠むなど、常識から考えても、とてもあり得べき事ではない。

右の『全評釈』には同意できかねる。大鷹狩の獲物に鶴も含まれているからである。この歌は適切で、印象に残ったものなのであろう。その証拠となるのは、この時の行平の歌二首（うち一つが問題となっている歌）が、後撰集に採られているからである。後撰集の撰者は、この歌を高く評価して採っていると思われる。

このことから、帝が不機嫌になったとするのが虚構であり、帝も高齢でこれが運悪く最後となったのを作者が利用して構成した章段であろう。もし、帝がこの歌を嫌ったとする事実があれば、撰者は必ず除外したろう。

次はこの後撰集を見てみよう。

仁和のみかど嵯峨の御時の例にて芹河に
行幸したまひける日　在原行平朝臣
1075 嵯峨の山みゆきたえにし芹河の
千世の古道あとは有《あり》けり

おなじ日、鷹飼ひにて、狩衣のたもとに
鶴の形を縫ひて、書きつけたりける
1076 翁さび人なとがめそ狩衣
今日許《ばかり》とぞたづも鳴くなる
行幸の又の日なん致仕の表をたてまつりける

(後撰集巻第十五　雑一)(本文は、「新日本古典文学大系」による)

行平のこの二首は「雑一」の巻頭にあり、第一首は伝統を復活させた祝賀の意が読み取れる。第二首目は、狩衣のたもとに鶴の刺繍して行幸に臨んで、詠んだ歌である。伊勢物語には、鶴の刺繍のことはなく、歌を書き付けたことになっている。又、この歌の左注は、「行幸の翌日に行平が辞職願」を出したとあるが、これは正確ではなく、「三代実録」によれば、翌年七十歳になってから、願を出し、三度目に許可される（翌年四月）。それゆえ、この左注は撰者の記述ではなく、伊勢物語からの影響によるとする説もあるが、単に「日」は「月や年」の誤りであろう。特に「日」と「月」は誤写されやすい。

以上、検討してきたように、摺狩衣のたもとに歌を書きつけたとするのは作者の虚構である。なお、当日のことを記録した「三代実録」によれば、この日の天候は

是日、自レ朝至レ夕、風雪惨烈矣。

大変な荒天候であり、もし墨で書き付けたのなら、にじんでしまって見られたものではなかったろう。後撰集の詞書、鶴のかたちを縫いつけたのは間違いなかろう。そこに歌を加えたのであろう。伊勢物語の作者はこのことを承知の上で虚構に及んだと思われる。単なる行平の失敗談として、教訓めいた話にするだけなら、この狩衣のたもとに歌を書き付ける必要はない。

それではなぜか、私はこの章段と初段との関連性に注目したいのである。初段では、業平と思われる男が、狩衣のすそを切って歌を書きつけて姉妹に贈る。伊勢物語には、歌を紙以外に書き付ける例として、岩、かえでの葉、石の苔をきざむ等の特別な方法があるが、狩衣に書くのはこの二つの章段に限られる。

着物のたもとにこのように書き付けるのは一般的ではない。布には書きづらいし、にじめば読めない。南波浩氏は、「古今著聞集」にも、源雅通が直衣の裾を切って歌を書いたという話を指摘している。（『日本古典全書伊勢物語補註（四）』）

この「古今著聞集」（鎌倉中期成立）を見ると、（源雅通が）紙のなかりければ、直衣を破《や》りて書き侍りける、とあり、たまたま紙がなかったので直衣を破り、それに歌を書いたことが分かる。

伊勢物語に戻るが、初段の「狩衣のすそを切って歌を書きつける」は高い評価を受ける。摺衣の乱れ模様と、男の心の乱れとがうまく合致していたためである。男は一人で春日の里に狩に来たのではない。従者を何人も連れていただろうし、当然のことだが、紙も用意してあったはずだ。

初段はさらに次のように続く。

みちのくの忍ぶもぢずり　たれゆへに
みだれそめにし　我ならなくに

といふうたの心ばへなり。むかし人は、かくいちはやきみやびをなんしける。

これは初段の最終部分だが、「みちのくの…」の歌は、古今集にも採られているが、左大臣源融の歌である。但し、融は業平より二歳年長にすぎないから、「みちのくの…」が、業平元服当時、すでに広く知られていたとは考えにくい、という説が有力である。ここは、若き日の業平の歌は、後々になって考えてみると、当時一流の文化人とされた融の歌と同じぐらいすばらしいとしたものである。

これは、男（業平）の歌「春日野の…」が詠まれた時点での評価ではなく、「むかし人は」とあるから、昔を回想して、「業平は若いうちから、融の歌に匹敵する歌を詠んだ」としたのである。当時の一流の風流人であった融を引き合いに出して、業平の歌のすばらしさを保証している形である。

なお、この部分の「むかし人は、かくいちはやきみやびをなんしける」の結びの部分については、「昔の人は、このようにすばやい風流な行いをしたものである」と訳せるが、ここで特に注意しなければならないことがある。それは「むかし人は」と語っている人も、「むかし人」老人なのである。すなわちこの文は当時の老人の価値観の表明なのである。伊勢物語を「みやびの文学」などと称する研究者もいる。それも良いだろうが、「みやび」が老人の価値観であることを忘れてはならないと思う。

業平を「みやび男《を》」とするなら、それを保証する融も「みやび男」であろう。融はその地位と富とを活用して贅を尽くした河原院を営んだ（八十一段）。これは誰にでもできることではない。この河原院は、源氏物語の某院として登場する。融の死から約百年後のことである。ここは既に過去の栄光は失われ、もののけの跋扈する場所になっていたのである。「みやび」の行為は平安中期にはとうの昔にその輝きを失っていたのである。

以上、初段と百十四段の「狩衣に文字を書く」特別な行為について述べたが、作者はこれによって両段を結びつけ、若人の業平と老人の行平とを比較、対照したかったと思われるのである。行平は卑母からの生まれながら、阿保親王の長男として、頼られる存在で、業平と同じように歌もうまかった。この行平も何か問題を起こしたらしく、嘉祥元年正月に任官の記事があってから、四年半の間、昇任のこともなく記録にも姿を見せない。

この点について、今井源衛氏は業平も同時期十三年間も昇任のことがなく放置されているのは異様であるとして、「古今集」（巻十八　雑下）の行平の次の歌を引き、

田村の御時に事にあたりて、津の国の須磨といふ所にこもり侍りけるに、宮のうちに侍りける人につかはしける

わくらばに問ふ人あらば須磨の浦に
もしほ垂れつつわぶとこたへよ

これは行平が、文徳帝の怒りにふれ、京から離れていた可能性が大きいとしている。ただ、これは他の記録に見えないから、その原因等は不明である。業平の常軌を逸した行動がもととなり、行平はそのまきぞえをくったかとする人もある。およそ以上のように今井氏は述べている。

この官位の停滞の原因は、弟の業平の方にあったにしろ、行平は帝の勅勘を受けた経験はあったと見ていいだろう。このことを伊勢物語の作者は利用したと思われる。

それでは、初段と百十四段とを比較検討してみよう。

1、男（業平と思われる男）が、元服後、奈良の京、春日の里に狩に出かける。一方、行平は、致仕の前年、行幸のお供で芹川の大鷹狩に出かける。

男は元服後で当時十六歳。行平は引退の前年で六十九歳であった。行き先について、奈良の京は、業平の祖父平城帝《へいぜい》ゆかりの地である。芹川は、『古代地名大辞典』によれば、

平安期に見える川の名。山城国葛野《かどの》郡のうち。現在の京都市右京区嵯峨に比定される川。（以

下省略）

とある。嵯峨帝時代しばしば行幸があり、芹川は嵯峨帝ゆかりの土地であった。

2、男は狩衣すそを切って、歌を書きつけて贈る。行平は狩衣のたもとに歌を書きつけて狩に臨む。この部分は前述したように後撰集では、鶴の形を縫いつけてとあり、そこに、歌を書きつけたのであろう。

3、男の歌は、心が乱れに乱れておりますの意で、若々しい恋の歌である。行平の歌「老人じみた姿でもとがめないで下さい。鶴でさえ今日限りと鳴いています。」この部分で、老人じみた姿としたのは、行平が年老いていただけではなく、狩衣に歌を書き付けた行為を言っているのではなかろうか。業平と同様、これは行平の「みやび」の行為だったのである。光孝帝が嵯峨帝時代の芹川行幸を復活させたのに合わせて、行平は時代遅れの「みやびの精神」を発揮したのであろう。

この折角の風流も誤解を生むことになった。この原因には、歌そのものの中にあるのは勿論だが、もはやこのような行為（狩衣のたもとに歌を書く）は時代遅れのものとなっていたと考えられる。

4、男の歌の評価は非常に高い。この男の歌について、後の風流人で左大臣源融と同じ趣旨で、男の行為は「いちはやきみやび」として、絶賛されている。行平の歌を見て、帝は不機嫌になった。自分のことを言われていると思ったのである。行平は文徳帝の時代以来、再度、勅勘を受ける可能性があったとする、勿論、作者による虚構ではあるが。

比較は以上であるが、このように百十四段はとりわけ初段を意識して構成されていると思われる。初段は若人の歌、百十四段は老人の歌である。伊勢物語は若人の物語であると同時に、老人の物語でもあったのである。

あとがき

学生時代、平安文学研究を志した時、恩師、故高橋和夫先生は著作『源氏物語の主題と構想』を上梓なさった時期で、先生からは「源氏物語」を中心に広く古典について教えを受けた。その後、長きにわたって古典文学研究に取り組んでくることができたのは、先生の励ましのおかげである。

又、故竹岡正夫先生には、お目にかかったことはないが、『伊勢物語全評釈』や『古今和歌集全評釈』等の著作から多くの示唆を受けた。拙著の「伊勢物語」の本文は、この『全評釈』を使用するなど、多くの引用をさせていただいた。

拙書では、「伊勢物語」の遊戯性に光を当てて見た。物語の祖と言われる「竹取物語」には、言語遊戯と笑いとが随所に見られる。この伊勢物語にも同様にそれらが存在するのではないか。これらの解明が本書の目的である。

拙書「一・二」では、「伊勢物語」には折句の歌が十六首あることを指摘した。現在、折句の歌と認められているのは、ただの一首（唐衣…）の歌のみである。これほどの折句がありながら今まで誰も気付かなかったのである。在原業平の作風は自由奔放とされるが、これは折句を組み込むためでもあったと思われる。

「三」では、物語に使われている一部の「地名」が特別な意味を持って物語に関わっていることを述べた。「九段」の男の東下りは、「古事記」の倭建命の東征をモデルとしていること、「二十三段」の筒井筒の物語については「ゐつつ」が掛詞であること等を再論した。（拙書「伊勢並びに源氏物語の研究」参照）

「四」では、伊勢物語等の掛詞の特徴について述べた。

「五」では、老いと笑いとに焦点を当てて検討した。

これらが、伊勢物語の言語遊戯の一端を明らかにする、ささやかな一石になればと願うものである。

以上、いずれも拙い論考ではあるが、多くの方々の御批判をいただけたなら倖いである。本書の出版に当たり、上毛新聞社事業局出版部の一倉基益氏と和田亮介氏には貴重な助言をいただいた。心よりお礼を申し上げたい。最後に、学恩を受けた先学諸兄のみなさまに衷心よりの感謝を申し上げ、筆を擱く。

荻原　晃之

二〇一九年六月十七日

荻原《おぎわら》　晃之《てるゆき》

1945年生まれ。群馬県太田市在住。

主な著作

伊勢並びに源氏物語の研究（1989年刊）

荻原とき江句集　萩の道（共著2009年刊）

伊勢物語　その遊戯性

2019年9月20日　初版発行

著 者　荻原晃之

発 行　上毛新聞社事業局出版部

〒371-8666　群馬県前橋市古市町1-50-21

TEL 027-254-9966　FAX 027-254-9906

ISBN978-4-86352-242-8